KB009508

감정 소모하고 싶지 않지만

감정 소모하고 싶지 않지만

현말랭 지음

마음세상

프롤로그

안녕하세요. 책을 사랑하고 열심히 하루하루를 살아내기 위해 발버둥 치는 평범한 사람입니다. 책을 무척 좋아하는 바람에 글을 꾸준히 쓰다 보니 글로 당신을 만나 뵙게 되었는데요. 책을 워낙 좋아하다 보니 밖에 나설 때면 책방에 자주 들르게 됩니다. 책방에는 위로라는 말을 건네는 책들이 흔하게 보이는데요. 얼마나 많은 사람들이 삶에 치이고 지쳤으면 이런 말들이 여기저기서 보일까 싶네요. 참 공감도 많이 되고 씁쓸하기도 합니다.

제가 글을 쓰는 이유는 여느 책들과 같이 위로를 드리기 위해 쓴 책이 아닙니다. 그런 책은 이미 너무 많고요. 위로라는 건 위로를 건네 줄 수 있는 사람이 따로 있습니다. 그래서 함부로 위로를 건네지 말자는 게 제 개인적인 생각입니다. 이 책에서는 위로라는 단어를 필요할 때는 빼고는 당신께 직접적으로 건네지는 않았습니다. 위로라는 게 위로를 받아서 와 닿는 사람이 있고 그렇지 않은 사람이 있더라고요. 그래서 저는 아무 감정 없이 위로랍시고 생각 없이 얘기하는 사람들을 싫어합니다. 매우 싫어하고요. 그런 의미 없는 감정과 말을 나누는 시간이 아깝다고 생각하는 사람입니다. 차라리 퇴근길 버스에서 멍 때리며 야경을 보는 그 시간이 더 위로가 될 것 같네요.

제 나이가 삼십 초반입니다. 제가 살면 얼마나 살아봤다고 남을 위로하겠습니까. 제가 이 글을 쓰기 위해서 제 얘기가 나오기도 하는데요. 사실 가능하면 제 이야기를 쓰고 싶지 않았습니다. 그런데 쓸 수밖에 없더라고요. 숨김없는 저를 보실 수 있을 겁니다. 너무 날 것이라 부끄럽습니다만 용기 내어 풀어보기로 했습니다. 이왕 이렇게 나를 풀어 보는 거, 저를 빗대어 제가 이런 인생을 살아왔으니 당신도 용기를 가지시라는 응원의 마음으로 글을 쓰게 되었습니다. 제가 앞서 평범한 사람이라고 얘기하지 않았습니까. 이런 사람도 이렇게 하고 싶은 일을 하면서 글도 씁니다. 당신께 제 인생 얘기를 나누는 게 어쩌면 주제넘는 일 같기도 하지만요. 그래도 이런 사람도 잘은 아니지만 열심히는 살고 있구나. 이렇게도 살 수 있구나, 생각해 주시면 좋겠습니다.

다시 한 번 말씀드리지만 위로의 말은 전하지 않을 생각입니다. 제 글을 읽고 위로를 받으셨다면 그건 위로가 통한 것이겠지요. 하지만 그렇지 않다면 다른 곳에서 위로를 찾으시면 되는 겁니다. 제 글을 꼭 위로를 바라고 읽는 분들이 있는 건 아니니까요. 다시 한번 말하지만 위로를 줄 수 있는 건 따로 있습니다. 그게 각자에게 누구인지는 모르겠어요. 꼭 사람이 아니라도요. 음악에서, 영화에서, 길을 가다가 우연히 위로의 순간을 마주할 수 있을 테니까요.

제 책을 집어 든 당신. 제 책장을 넘기기로 한 당신께 뭐 하나도 얻어 갔으면 하는 마음으로 한 자 한 자 고심해 글을 담았습니다. 부디 제 책이 책받침으로 쓰일 일은 없길 바라며 한 사람의 인생이 이렇게도 풀릴 수도 있구나, 여겨주시기 바랍니다. 그리고 당신들에게도 그러한 기회가 오길 바랍니다. 제 책을 집어 든 당신께 행운과 행복을 빕니다.

제1장
같아 보이지만 다 다른 삶

다들 어떤 삶을 살아내고 있나요

어떤 삶을 살고 있습니까? 그러니까 묻고 싶은 건 어떤 직업을 가지고 있냐는 뻔한 질문이 아니다. 어떤 식으로든 살고 있는 자신만의 방식이 있는지, 잘 살고 있지를 말하는 것이다. 내가 이렇게 묻는다면 대부분의 사람들은 "아니오." 라고 말할 가능성이 높다. 그렇다. 잘 이란 것도 매우 주관적이고 삶을 사는 방식도 다양하니까. 이 질문에 답하기 위해서는 먼저 내 삶에 어떤 가치가 중요한지 생각해 보는 것이 먼저다. 흔히 말하는 돈, 명예, 성공 이런 것들이 우선이라면 이를 위해서 고군분투해야 한다. 또 어떤 사람은 적당히 벌고 평범하게 지내며 소소한 행복을 누리는 낙으로 사는 사람도 있겠다. 당신은 어떠한가? 전자인가? 후자인가? 사실 난 조용히 살고 싶긴 하지만 어쩔 수 없이 나를 드러내야만 살 수 있는 사람이어서 이왕 운이 따라준다면 나를 널리 알릴 출세운이 따라줬으면 좋겠다. 욕심을 바라지는 않는다. 운이 따라 준다면 좋고, 아니면 말고. 돈보다 시간이 더 중요한 사람이고, 소심하지만 그래도 나를 바라봐 줄 사람이 필요하다 보니 하는 말이다.

어떤 날은 그런 날이 있었다. 아침에 출근을 하기 위해 버스를 탔는데 만석이었다. 어쩔 수 없이 그 빼곡한 버스 안에 끼여 서서 겨우 출근을 했다. 그날따라 이 많은 사람들은 다 어디로 가는 걸까 궁금했다. 물론 내가 사는 동네에 회사도 많고 공장도 많아서 다들 그런 곳에 출근하겠거니 생각했다. 그런데 문득 지금 출근하는 사람들은 행복할까 궁금했다. 이것도 하나 물어보자. 지금 어떤 일을 하는가? 하는 일에 만족하는가? 자기가 하고 싶은 일을 하며 살고 있나? 이 질문에 대한 대답이 궁금해진다. 이 글을 읽는 당신은 소리칠지도 모른다. 네 혹은 아니오. "네."라고 하면 다행이고 "아니오."라고 답한 분들은 씁쓸할 수도 있겠다. 아시다시피 자기가 원하는 일을 하며 사는 사람은 소수라고 한다. 다들 어쩔 수 없이 밥벌이하려고 각자의 능력에 맞춰 어디선가 일을 하고 있는 사람들이 태반이니까.

사실 나도 그랬다. 나는 참 또래에 비해 일찍 아르바이트를 시작했고 어쩌다 보니 늦게 취직이란 걸 했으며 참 많이도 그만뒀다. 대학생일 때는 용돈을 벌어야 하니 아르바이트 경력이 많았다. 취업을 하려고 하니 겁이 나 주저하던 시간이 길어졌다. 준비가 덜 된 것 같다는 생각이 컸다.

그러다 보니 남들보다 늦게 취업을 하게 되었다. 그때가 이십 대 후반이 었을까. 이제 막 첫 회사에 들어갔는데 도무지 회사라는 체계에 적응이 되지 않았다. 그때 생각했다. '아, 나는 서비스직이 맞구나.' 그래서 서비스직으로 취업을 했는데 또 만만치가 않았다. 감정 노동에 아주 죽어날 판이었다. 또 생각했다. '역시 어른들 말 틀린 거 하나 없다. 기술이 있어야 먹고산다. 기술을 배우자.' 그렇게 해서 기술을 배웠다. 제과제빵 자격증을 따서 제과제빵 공장에 취직을 했다. 공장이니 돈도 많이 주니까 여기서 딱 일 년만 버텨 기술도 배우고 돈을 모으려 했다. 그 후 일반 제과점에서 더 경력을 쌓으려 했다. 그리고 나서 내 가게를 차리려 했다. 그런데 웬걸. 한 달도 못 버티고 그만뒀다. 그리고 이곳에서 참 많은 걸 깨닫게 되었다.

그곳은 거의 어머니뻘이 많은 곳이었다. 내가 최연소 직원이었다. 그분들은 젊은 나이에 왜 사서 고생 하냐, 좋은 곳이 있을 텐데 일자리를 더 알아봐라, 나이가 아깝다 등 이런저런 말씀을 많이 해주셨다. 사실 내가 이곳에 일하러 온 건 기술도 기술이지만 돈을 많이 주기 때문에 선택한 것도 있었다. 그러나 이 곳은 기계처럼 일만 쉼 없이 해야 하는 곳이었다. 그때 확실히 깨달았다. '돈이 다가 아니다. 적게 벌더라도 하고 싶은 걸 하자.' 그때부터 블로그에 글을 쓰기 시작했다. 일기부터 사소한 것들도 다 썼다. 커피를 좋아하다 보니 그 사이 커피 자격증도 땄다. 카페를 워낙 좋아해서 체험단을 신청했다. 카페를 돌아다니며 글을 작성해 주기도 했다. 그런 글이 한두 개씩 쌓이다 보니 내 글을 보는 사람이 많아졌다. 그러는 사이 나도 모르게 글 쓰는 게 일상이 되어버렸고 그 시간이 글쓰기 훈련이 되어버렸다. 지금도 이렇게 또 글을 쓰고 있지 않나. 내가 하고 싶은 걸 하기로 마음먹기 시작해서 진짜 하고 싶은 걸 하는 데까지 일 년 정도의 시간이 걸린 것 같다. 내가 여기서 확실하게 깨달은 게 있다. 하고 싶은 게 있다면 주저하지 말고 아무 생각도 하지 말고 앞만 보고 하라는 거다. 그게 아주 사소한 거라도 꾸준히 하면 된다는 거다.

예전의 나는 항상 자신감이 없고, 준비가 되어있지 않다고 생각했다. 항상 부족하다고만 생각해서 시도 근처에도 못 갔던 사람이었다. 저 멀리 꿈만 바라보고 있었다. 그런데 지금은 완전히 바뀌었다. 웃기게도 슬프지만 그 공장에서의 경험 덕분이었다. 거기서 일한 경험이 자산이 되어 다시 태어난 기분이 들었다. 나는 그때부터 뒤도 돌아보지 않고 앞만 봤다. 이 아까운 청춘이 지나가기 전에 내가 하고 싶은 걸 하자 싶었다. 당장 내가 시키지 않아도 매일 하는 것을 종이에 쭉 적어봤다. 카페 가기, 책 읽기, 글쓰기. 그래서 카페 이곳저곳 다녀 보다가 그냥 다니기 심심하니까 책 한 권 들고 가서 책 읽다 왔다. 그러다 체험단까지 한 것을 쭉쭉 글로 풀어쓰기 시작했다. 여기저기서 커피를 마시기 시작하니까 커피도 배웠다. 좋아하는 일을 하는 것 자체로도 나도 모르게 엄청나게 여러 가지 일들을 벌이고 있었던 것이다.

내가 자랑하려고 이렇게 글 쓰는 게 아니다. 나도 신기하다. 난 지금 나이로 서른 넘었고 뭘 해도 누구는 늦고, 누구는 아직도 팔팔하다고 하는 그런 애매한 나이다. 그런데도 하고 싶은 일을 하며 사니 일 년 사이에 좋아하는 일로 돈을 벌고 있다. 참, 모아 뒀던 돈으로 카페도 열었다. 커피에 푹 빠져서 그만 일을 벌이고 말았다. 아까 말했듯이 하고 싶은 건 해야 한다. 이제 나에게 실패? 이런 거 뭐 두렵지 않다. 실패하면 어떻나. 내가 이제까지 걸어온 길이 다 시행착오였고 여기서 큰 걸 깨달아 여기까지 온 거 아니겠나.

한때는 삶이 망했다고 생각했던 순간이 있었다. 순간이 아니라 거의 그랬다. 왜냐하면 다른 친구들은 다 취업해서 잘 사는 것 같은데 나 혼자만 뒤처지고 있었으니까. 사실이었다. 하고 싶은 건 없고 회사는 들어가기 싫어서 번번한 직장 없이 아르바이트만 하던 때였다. 친구들에게는 그냥 회사 다니고 있다고 하고 어물쩍 넘어갔다. 난 아르바이트를 하더라도 싫은 일은 절대로 하기 싫었다. 그 고집은 있었다. 그래서 회사는 완전히 내 선택지에 없었다. 그래도 이렇게 보니 나름 열심히 산 것 같다. 당신도 그렇다. 보지 않아도 안다. 당신들도 그런 시행착오가 다 있지 않았을까. 부디 나처럼 삶이 망했다고 생각하지 마시라. 그게 다 당신의 자산이 되는 것이다. 지금 만족하며 잘 살고 계신 분들은 참 다행이다. 축복이다. 그렇지 않은 분들이 있다면 부디 사소한 거라도 하시기 바란다. 그 사소한 게 모여서 인생을 바꿔줄지 누가 알겠나.

개미처럼 하루하루 버티는 삶

내가 아까 어떤 삶을 살고 있는지 묻지 않았나. 이 또한 버티는 삶과 관련되어 있다. 만족할 만한 삶을 살고 계시다면 버틴다고까지 생각하지는 않겠지만 대부분의 사람들은 하기 싫은 일을 하며 살고 있다. 그렇게 되면 버텨야만 하는 삶이 되어버리는 것이다. 얼마나 힘들고 지친 인생인가. 나도 겪어봐서 잘 안다. 특히 회사 생활을 할 때 누구는 그러더라. 회사 가는 길이 소가 도살장 끌려가는 것 같다고. 나도 딱 그랬다. 일이 너무 버겁고 힘들어서 차라리 어디가 아팠으면 좋겠다는 생각까지도 했었다. 하루에 평균 아홉 시간을 노동해서 버틴 대가가 겨우 최저시급도 조금 안 넘는다는 사실도 허무했다. 급여에 관한 건 능력 차이겠지만 나의 경우는 최저 시급이랑 거의 비슷했다.

이 벌이로는 저축도 못 하겠다 싶었다. 안 되겠다 싶어 평일에는 일하고 주말에는 아르바이트 두 개씩 뛰면서 쉬는 날 없이 일한 적도 있었다. 그렇게 쉼 없이 일하니 월급이 삼백 가까이 되었다. 그렇게 하니 저축은 만족할 만큼 하게 되더라. 내 사생활이란 건 거의 없었지만. 거의 팔 개월 동안 그렇게 생활했다. 몸은 상할 대로 상하고 얼굴은 노랗게 뜨고 꼴이 말이 아니었다. 이때는 뭐에 흘렸는지 무식하게 돈만 생각하고 달렸다. 아르바이트하는 곳이 장사만 잘 되었다면 더 했을 텐데 안타깝게도 적자여서 그만둬버리는 바람에 이 생활도 끝이 났다. 그리고 얼마 지나지 않아 회사도 그만뒀다. 이건 적성에 맞지 않아서였다.

내가 이 얘기를 하는 이유는 저 때 내 목표는 집은 사는 것이었다. 그래서 힘들어도 버티면서 저렇게 일을 할 수 있었다. 주말 아침에는 편의점 아르바이트, 밤에는 과일 썰어서 파는 아르바이트해서 하루에 14시간 일했으니 말 다 했다. 우리나라 집값이 워낙 비싸니까 보통 벌이로는 평생 집 하나 못 사겠다 생각했다. 무조건 집을 사야겠다는 목표 하나로 달려들었던 것이다. 8개월 천하는 그렇게 끝이 났다. 집을 사려고 모아 뒀던 그 돈은 생활비로 조금씩 쓰다가 카페에 투자하고 나니 없어졌다. 그 돈이 또 이렇게 쓰였다. 그리고 나는 또 다른 버티기에 돌입하고 있다. 카페를 차린지 얼마 되지 않았다. 막 시작해서 그런지 홍보가 많이 되지 않아서 카페 지키기, 즉 카페에서 버티기에 돌입하고 있다. 이건 다른 의미의 버티기라 하겠다.

버티는 삶은 나에겐 도망과 같다. 난 삶을 버티기에 나약했고 회피했다. 그래서 도망치기로 결심했다. 예전의 나는 주로 부정적인 감정들이 많았기 때문에 그곳에서 빠져나오려 도망가고, 조금 숨을 돌리다 얼마 못가 또 도망치는 그런 삶을 살았다. 그렇게 살다가 실패가 두렵고 사람과 섞이기 어려웠던 나는 다짐했다. 세상 밖으로 나오되 내가 정 못 버티고 버거우면 그만하자고. 도망가자고. 그렇게 생각하니 세상 밖으로 나오는 게 조금은 덜 부담스러워졌다. 밖에서 일을 하고 하다가 버티기 힘들어지면 바로 그만 뒀다. 그러면서 다시 나를 재정비 하고 쉼을 주었다. 얼마 안 있다가 다시 일을 구했다. 그러고 버거워지면 또 다시 그만 두기를 반복했다. 뭘 하든 나의 감정을 최우선으로 생각했다. 그때는 그래야 날 지킬 수 있었다. 그래야 마음에 짐 없이 일할 수 있었다. 이런 생활이 반복 되다 보니 이것이 내 삶의 방식이 되었으며 일상이 되어버렸다.

지금도 도망을 나쁘게 생각하지 않는다. 아니 오히려 좋다. 나의 도망이 지금 거쳐 간 내 삶의 과정이 되었고 이렇게 글로 풀 수 있으니까. 나의 도망은 오히려 떳떳하다. 삶에 정해진 방식은 없으니까. 내 삶의 방식은 이렇다. 도망은 언제나 옳다.

자, 이제 제가 당신께 묻겠다. 당신은 이 세상을, 이 삶을, 이 하루를 어떻게 버티고 있습니까. 나라고 좋은 날만 있었겠나. 좋은 날보다 오히려 힘든 날이 더 많았다. 나도 어떻게 하면 하루하루를 버텨낼까 고민을 참 많이 했었다. 그런데 사는 게 별거 없더라. 얘기 들어보면 사람 사는 거, 생각하는 거 다 비슷하더라. 내가 살아온 지 얼마 되지는 않았지만 나에게는 소소한 것들로부터 하루의 의미를 찾고 버티는 게 가장 쉽고도 편한 방법인 것 같다. 그래서 그런가. 내 핸드폰 사진첩이나 일기에도 길고양이나 꽃 사진, 바닥에 무언가 버려진 물건 사진들이 많다. 워낙 주변을 잘 펴보고 다니는지라 거리를 관찰하다 보면 꽤 엉뚱하고 웃긴 것들이 많더라. 당신들은 당신들만의 삶을 버티는 방법이 있습니까? 혹은 목표가 있습니까? 없다면 지금부터라도 하나씩 찾아보는 건 어떠신가.

사는 것. 살아가는 것.

항상 달력과 메모장에 오늘 당장 할 일과 앞으로 할 일을 상세히 적어 놓는 습관이 있다. 이제 이번 달도 다 갔고 다음 달 달력을 보니 요가 학원 수강하기라는 일정을 보았다. 다음 달부터 시작되는 요가 강의는 서울에 있는 유명한 요가원으로 재작년부터 다닐까 말까 고민을 많이 하던 곳이었다. 두 달 동안 일주일에 한 번 서울에 가서 아침부터 저녁까지 수업을 듣는 코스다. 지방인에게는 다소 무리가 있는 스케줄이라 판단했지만 정말로 배우고 싶다는 열망이 컸다. 이때쯤 되면 수강료쯤은 모아 놓고 배우러 다닐 수 있지 않을까 싶은 마음에 달력에다 적어 놓았던 기억이 생생하다. 일주일에 한 번만 고생하면 되는 거였고 요가를 제대로 배워보고 싶다는 마음이 컸기 때문이었다. 지금도 요가를 제대로 배워보고 싶다는 마음은 여전하다.

그런데 삶이 그렇듯 어쩌다 보니 원하는 대로 흘러가지는 않았고 지금 모은 자금으로는 어떻게 카페를 차리게 되었다. 카페도 도전해 보고 싶은 분야였으므로 만족한다. 카페도 운영하다가 나중에 시간적 여유가 생기면 요가도 배워보고 그러는 거지. 카페나 요가나 둘 중 우선순위가 있었던 건 아니었으니까. 카페도 재밌게 운영하면서 요가는 다음에 배워보는 걸로 계획을 바꿨다.

달력을 보니 이런저런 생각이 든다. 난 참 많은 걸 궁금해하고 배워보고 싶었던 사람이었구나 하고 말이다. 재작년 전쯤에는 커피도 배우고 싶고 제과제빵도 배우고 싶었었는데 지금은 그거 모두 다 배우고 자격증도 다 땄다. 나는 마음먹으면 할 수 있는 사람이라는 생각도 들고. 지금은 또 카페 운영에 책 출판까지 준비하니 하고 싶은 게 참 많은 사람이구나라는 생각이 달력을 보고 문득 들어 이렇게 글을 쓰게 되었다.

사실 나는 작년까지만 해도 나의 삶을 정해놓았다. 마흔 살까지 살기로. 장례식은 가족장으로 하고 장례식장에 흘렀으면 하는 곡도 정해놓았다. 장례식 비용도 다 모아두었다. 그러나 얼마 전 엄마의 지인 딸이 하늘로 가는 사건이 일어났다. 엄마가 부쩍 수척해지고 울며 힘들어하는 모습을 보고 마음이 바뀌 먹었다. 자식 없이 남겨진 부모의 마음이란 걸 눈으로 한 번도 본 적이 없었으므로 그 모습을 보고 차마 죽을 수 없다 생각했다. 그리고 내가 지켜야 하는, 지켜주고 싶은 사랑하는 사람들이 있으므로 그들을 위해서 마흔 살까지로 살기로 한 마음을 싹 접어버렸다.

겨우 세상 속에 나와서 궁금한 것도, 해보고 싶은 것도 해보기도 하고 사람과 어울려 섞여보기도 하고 있다. 이제는 의기롭게 카페도 차리고 책도 쓰려 하는데 마흔은 너무 짧지 않나 이런 생각이 들었다. 다른 사람을 위해서도 있지만 제일 중요한 건 나를 위해서 더 살아보기로, 하루하루 힘을 조금씩 더 내어 보기로 했다.

사는 것. 살아가는 것. 누구나 힘들다. 그렇지 않은가. 삶은 항상 계획대로 흘러가지 않고 내 마음처럼 따라주지 않으니. 하지만 그렇게만 흘러가면 재미없어 빙고라는 노랫말이 있듯이 어떤 힘듦이나 성가심, 혹은 더 큰 역경이 와도, 그럼에도 꿋꿋이 버티며 살아가야 하는 게 인간의 숙명인 것 같기도 하다. 나만 힘든 거 아니니까 괜찮다는 말이 아니라 인간은 원래 그렇게 살도록 만들어졌으니까. 그렇게 중심을 잃지 않고 꿋꿋이 살아보려 한다. 그래 한 번 살아 보자. 잘 살든 못 살든.

받아들일 수밖에 없는 인간의 숙명

　사는 게 뭔지. 똥 밭에 굴러도 이승이 낫다는 말. 한 번쯤은 들어보았을 거다. 갑자기 예전 일이 생각난다. 한 번은 돈이 급해 저 멀리 시골로 단기 아르바이트를 하러 갔었다. 혼이 나갈 정도로 일하고 창밖을 보는데 마침 바람이 부는 거다. 이상한 냄새가 나서 보니 소똥 냄새더라. 시골이라서 소 농장이 있었나 보다. 그때 창문을 멍하니 바라보며 그런 생각을 했다. 정말 똥 밭에 굴러도 이승이 낫다는 게 맞는 말일까.

　내가 원해서 태어난 것도 아닌데 사는 건 또 왜 이리 팍팍하고 힘든지. 퇴근하고 버스에서 창문을 바라보며 내가 가고 있는 길이 이게 맞나 하는 생각도 들고. 사람은 한 번 태어나고 한 번 죽는다는 건 누구나 알고 있다. 그래서 더 잘 살고 싶은 생각도 있다. 노력을 해도 안 될 때는 좌절도 겪고. 나만 겪는 좌절이 아님을 분명 아는데도 왜 이리 속상한지. 나만 잘 안 풀리는 것 같고. 이게 반복되다 보면 나중에는 사람을 만나기가 싫어지더라. 괜히 비교되고 더 나아가서는 자격지심도 생겼다. 그래서 일부러 친구들을 잘 안 만나기도 했다. 도움받을 곳은 없고 혼자 발버둥 치기만 계속했다. 그러나 어쩌겠나. 호숫가의 오리가 유유히 떠다니는 것 같아도 알고 보면 물갈퀴로 열심히 물장구치고 있다는 사실. 그렇게 해야만 어디로든 나아갈 수 있다는 걸 우리는 받아들여야 한다. 세상 일이 대충해서 되는 게 없고 아무리 하찮은 일 같아 보여도 막상 직접 겪어보면 힘든 일이더라. 세상이 이렇다. 이렇게 살아야 하는 거라면 인간의 삶, 이 굴레를 받아들일 줄 아는 성숙함도 필요하겠다.

내가 어렸을 때는 엄청 때 쓰는 아이였다. 뭐라도 안 사주면 냅다 드러눕고, 옆에 보이는 거 던지고 부시고 난리 통이었다. 이쯤 되면 엄마가 얼마나 힘드셨을지 예상 가시리라. 이런 내 성격이 대학생 때까지 이어졌다. 일이 마음대로 잘 안 풀리면 누구한테 화풀이할 수도 없으니 혼자서 분을 삭였다. 아니면 친구한테 하소연하기도 했다. 그런데 자꾸 그런 식으로 행동하다 보니 잘 풀릴 일도 안 풀렸다. 막히는 문제가 있으면 차분히 고민해 보고 해결할 줄도 알아야 하는데 마음이 급하니 일을 더 그르치기도 여러 번이었다. 그게 반복되다 보니 깨달았다. 아무리 징징대고 성질을 내도 제대로 들어주는 이 하나 없고 되는 것도 없구나. 내 하소연을 들어주는 친구는 무슨 죄이며 나는 나대로 뭐 하는 짓인가 싶어서 그때부터 성격을 하나씩 바꾸기 시작했다.

문제가 생기면 차근차근 하나씩 원인을 파악하고 나아가니 그 후로부터 뭔가가 풀리는 느낌을 처음 받았다. 조금씩 성장하고 어떻게 살아야 하는지 인생을 배우는 순간이었다. 성격이 급한 건 아직 고치는 중이지만 예상치 못한 상황이 발생할 때 화를 내거나 짜증을 내는 일은 없어졌다. 그렇게 해봐야 나만 손해라는 걸 이제는 잘 아니까. 그리고 이제 이만큼 살았으면 안 되는 일은 없다는 걸 깨달을 나이다. 천천히 하다 보면 다 방법이 나오더라. 의외의 도움도 받을 수 있고 생각보다 일이 쉽게 해결이 된다는 것도 깨닫게 된다.

말이 나와서 말인데 정말 그렇더라. 이 세상이 넓고 크게만 보이는데 나는 그 앞에서 한없이 작아지는 것 같을 때. 뭔가는 하고 싶고 이루고 싶은 게 있는데 무섭고 두렵지 않은가. 그런데 의외로 그런 일들이 막상 시도해 보면 별거 아닐 때가 참 많았다. 이건 경험해 본 사람만 알더라. 그러니 당신들도 하고 싶은 게 있다면 뒤에서 망설이지 말고 한 번 도전해 보는 게 어떠신가.

맞다. 사는 데 정답은 없다. 답은 내가 만들어 가는 거다. 방금 했던 말, 엄청 큰일도 막상 시도해 보면 별거 아니라는 말이 정말 맞더라. 그게 나한테는 정답이다. 내 삶은 그렇다. 그래서 이제는 뭔가에 도전하는 게 두렵지 않다. 오히려 앞만 보고 즐기려고 한다.

당신들도 살면서 삶에 대해서 깨달으신 게 있으신가. 그럼 언제 나와 한 번 대화 좀 하자. 나는 그런 삶의 지혜가 너무나 필요한 사람이다. 나는 아직도 매우 부족한 사람이니까. 아니 우리 모두는 이 남은 삶을 살아가기에 아직도 부족한 사람들이니까.

자기만의 방 안에서 현재에 머무르기

마음. 사람마다 그 마음 안에 여러 가지 방이 있다고 생각해 보라. 쉽게 말하면 당신이 잠들기 전에 이불 뻥뻥 찰만한 일도 생각나고, 갑자기 문득 옛날 생각이 나고, 내일 있을 일에 걱정도 되고 싱숭생숭해진다. 그게 다 당신들 마음의 방이다. 과거의 방, 현재의 방, 미래의 방. 간단하게 표현하자면 과거, 현재, 미래로 나눠봤는데 성격마다 더 많은 마음의 방들이 있을 것이다. 사람마다 다르겠지만 나에게는 과거의 방은 지금으로써는 그렇게 중요하지는 않다. 현재의 방이 가장 중요하고 많이 머무르려고 한다. 뒤는 안 돌아보고 앞만 보고 가는 성격이라 현재에 머물러 있기를 원하기도 하고 앞으로도 그러려고 애쓰고 있고. 미래의 방 안에는 긍정적인 미래로만 가득 채워 넣고 있는 중이다.

사람은 현재에 머물러 있을 때 스트레스도 덜 받고 가장 편안함을 느낀다고 한다. 그런데 사람이라면 또 앞으로의 미래에 대해서 생각을 하지 않을 수 없지 않은가. 현재 지금 내 몸은 여기에 머물러 있는데 마음은 미래에 가서 이러쿵저러쿵 좋을지 나쁠지를 생각하다 보면 또 스트레스 받는다. 그래서 현재에 머물러 있는 게 중요하다는 것이다. 그래서 내가 잘한 것 중 하나가 뒤돌아보지 않고 앞만 보고 가는 습관을 들인 것이다.

다들 자기만의 방에서 많이들 바쁠 것이다. 하루를 살아내기에도 벅찬데 마음 안에서는 또 얼마나 바쁘겠나. 나도 행동이야 빠르게 실천하지만 나도 사람인지라 가끔은 저 먼 미래도 다녀오곤 한다. 그럴 때면 마음이 콱 막힌다. 그래서 내 마음이 미래에서 괴로움에 몸부림치고 있을 때 마음을 편안하게 하기 위해 요가를 한다. 이것도 위에서 말한 버티는 삶과 관련이 있겠다. 요가는 몸의 행위에 집중함으로써 현재에 머무를 수 있게 해주니까. 마음을 챙김과 동시에 현재에 머무를 수 있게 해주는 도구로 잘 쓰고 있다.

마음의 방이 과거, 현재, 미래의 방만 있으면 얼마나 좋을까. 하지만 사람의 마음은 이렇게 세 가지로 나눌 만큼 단순하지 않다. 나의 경우 방마다 벽이 하나씩 존재한다. 그리고 저 세 가지뿐 아니라 내가 만나는 사람마다의 방도 다 있다. 높은 벽도, 낮은 벽도 있다. 마치 개미 소굴처럼. 인간의 마음이 이렇게 참 복잡하다. 아마 공감하시는 분들도 꽤 있으리라 생각된다. 그래서 그런가. 어떤 사람을 만나느냐에 따라서 나의 성격도 바뀌고, 말투도 바뀌고, 심지어 행동도 바뀐다. 다 자기만의 방 안에서 만난 그들이기 때문 아닐까 하고 생각해 본다.

방이 많을수록 일도 많고, 고민도 많고, 성격도 섬세하고 예민한 사람일 수 있다. 내가 그렇다. 그래서 저 개미 소굴을 아주 잘 보살펴줘야 한다. 가끔은 개미 소굴을 하나씩 없애야 하는 순간도 있을 수 있다. 예를 들어 인간관계를 하나 차단한다든지, 나를 괴롭혔던 일들을 빨리 해치워버리든지 하는 식으로 말이다. 방만 잘 관리해 준다면야 괜찮지만 방이 많으면 많을수록 머릿속이 복잡해지기 마련이다. 그래서 현재에 머무르기 위해서는 내가 할 수 있는 일은 최대한 방법을 찾아서 빠르게 해결하거나, 쓸데없는 것들은 나처럼 차단해버려라. 그게 내가 편안해지는 길이다. 그 많은 개미 소굴 안에서도 내 방을 더 빠르게 찾을 수 있는 방법이다.

안과 밖에서의 배움

혼자 있기 좋아하는 사람 손들어보시라. 아마 이렇게 말하면 많은 분들이 손을 번쩍 들 것이다. 나 또한 그 많은 사람들 중 하나다. 급한 용무 빼고는 밖에 나가는 걸 끔찍이 싫어했다. 그러다 보니 방 안에만 있게 되고 나중에는 이게 밤인지 낮인지 모를 만큼의 수준까지 와버렸었다. 누군가는 한심하게 생각할 수도 있지만 나름대로 홀로 버티고 있는 시기였었다. 내성적인 성격도 성격이거니와 다들 한 번씩 오는 동굴의 시간 있지 않나. '혼자만 있고 싶으니까 다 나가줘' 하는 시간. 그 시간이 꽤 길었었다. 앞서 말했듯이 나는 또래에 비해 늦게 출발했고 덕분에 취업도 늦게, 배움도 늦게 시작했었다. 세상 밖으로 나올 수 있었던 건 "언제고 이렇게 살 수는 없어!" 하고 외쳐버린 나의 마음이 동요했기 때문이었다.

물론 세상이 좋아져서 유튜브의 세계에서 뭔가를 배울 수도 있겠다. 하지만 백날 보기만 하면 뭐 하나. 경험이란 것은 직접 부딪쳐봐야 내 것이 되는 법이란 걸 점점 깨닫고 있는 요즘이다. 배움에는 나이도 없고 끝도 없더라. 자, 부딪치려면 뭘로 부딪쳐야 할까. 몸으로 부딪쳐봐야 한다. 그래서 어쩔 수 없이 밖으로 나가야만 한다. 나도 사람이랑 엮이는 거 체질적으로 맞지 않는다. 그러나 어쩌겠나. 세상이 사람을 이렇게 만들었다. 그래서 밖으로 나가게 된다. 그리고 깨닫게 된다. '아, 보는 것과 직접 보고 만지며 경험하는 건 천지 차이구나. 생각보다 쉬울 거라 생각했던 게 막상 해보니 어렵고, 또 어려울 거라 생각했던 걸 해보니 이쪽에 재능이 있네. 사람과 엮이면서 이런 관계를 만들 수도 있구나' 하는 새로운 세계를 접하게 된 거다. 그것도 내 또래에 비해 아주 늦게.

이것저것 배우면서 조금 더 일찍 용기를 내어 경험하고 싶었던 것들을 다 해봤으면 어땠을까 하는 미련도 생기기 시작했다. 하지만 과거는 이미 지나갔고 어쩌겠나. 이제 깨달았으니 지금부터라도 하면 되는 것을. 그래서 그런가. 뒤돌아보지 않고 앞만 보고 가는 불나방 같은 지금의 내가 되어 버린 게 어쩌면 이 영향이 컸을 수도 있겠다. 과거를 생각한다면 제일 아쉬운 건 시간이다. 시간은 누구에게나 똑같이 주어지는데 그 시간을 허투루 썼던 과거를 생각하면 참 안타까움이 크다. 하지만 지금도 늦지 않았다. 내가 앞서 뭐라고 했나. 내가 하고 싶은 걸 하면서 살았더니 큰 변화가 온 게 채 일 년 남짓 정도라고 했지 않나. 지금의 나는 밖에서 경험을 하고 그 경험을 이제 안에서 글로 쓴다. 이제는 안과 밖을 유연히 드나드는 사람이 되었다. 당신들도 안과 밖을 드나드는 유연한 사람이 되어보는 건 어떨까.

제2장
한참 모자라기만 했던 과거

희망과 함께 살아가야 한다

대학을 갓 졸업하고 나서였다. 그때쯤부터 난 나를 놔버렸던 것 같다. 목표가 없었으니까. 그렇게 살다 보니 어떤 의지도 생기지 않았다. 밖을 나가면 나와 같은 또래들은 많이 보였는데 그들은 나와 다른 세계에 사는 사람들 같았다. 난 이미 뒤처졌다 생각해서 미리 포기했다. '난 그냥 머물러 있을게. 너희들 먼저 가.' 이런 느낌을 많이 받았다. 실제로 그렇게 생각하기도 했다. 나라고 속이 안 상했겠나. 누구한테 말도 못 한 채 내면은 갈기갈기 찢겨 눌어붙었었다. 외적인 것도 전혀 신경 쓰지 않다 보니 이렇게 다니는 게 이상한 건지도 몰랐다. 화장이며 옷이며 보이는 것들 전부 내게는 관심 밖이었다. 이런 걸 신경 쓸 여유 따위 없으니까.

자존감은 어렸을 때부터 가뭄 수준이어서 내가 조금씩 웃기 시작한 이

후로는 이래도 되나 싶은 마음이었다. 변화하기 시작한 내 모습이 어색했으니까. 분명 좋은 변화인데 사람답게 살고 싶다는 이 마음이 욕심인가 싶기도 했다. 나도 그저 평범하게 살고 싶은 건데 나에게 주어진 희망이 나와 어울리지 않다는 생각이 끊이지 않았다.

왜 그럴까 생각의 길을 따라가다 보니 이유는 따로 있었다. 희망을 품었다가 사라져 버리면 어떡하지. 그래서 나 자신을 꼭 붙잡고 잘 가다가 놓아버리면 어떡하지. 그때는 지금보다 더 깊이 추락할 거야. 그리고 다시 헤어 나오기 힘들겠지. 그럴 바엔 지금 이대로가 낫지 않을까. 억지로 쥐고 있다가 희망보다 더 큰 고통이 다가오지는 않을까. 희망이 있어도 좋은 일만 있을 수 없다는 것도 아니까. 내가 그걸 감당할 수 있을까. 이런 여러 가지 생각들이 자꾸만 나를 주저하게 만들었다.

분명한 건 이 희망이 지금 당장은 날 살릴 수 있다는 걸 강하게 느꼈고 지금 주어진 희망이 두 번은 없을 수도 있다는 것, 나중에 다른 희망이 올지는 모르겠지만 그게 큰 건지 작은 건지도 모르겠고 지금의 희망과는 전혀 다른 길로 날 이끌지도 모른다는 것이었다. 이 희망이 작든 크든 붙잡고 싶었다.

그렇다면 지금의 희망을 붙잡고 넘어져도 그게 어디든 같이 가보기로 했다. 실패한 선택이라도 희망이 꼭 절망이 되리란 법은 없으니까. 옳은 선택이라면 희망은 또 다른 희망을 부를 것이라고. 지금은 나를 믿어야겠다 생각했다. 그다음 희망이 올지 아무도 모르는 거지만 그때는 다음

같은 건 없는 생각이 강하게 들었다. 지금 이 희망을 놓치면 다음은 없을 수도 있다고. 나에게 다가온 희망을 꼭 쥐고 놓지 않기로 했다.

그때의 나는 용기를 가지고 조금씩 변하고 있는 거였다. 마음먹은 걸 행동으로 옮겼다. 아주 작더라도 뭔가를 했다면 스스로를 칭찬해 주고 또다시 결심하고 행동으로 옮기고. 내 마음을 자주 들여다보고 나와 대화를 자주 했다. 이런 내 자신이 익숙지 않더라도 말이다. 하지만 잘하고 있는 건 분명하니까. 너무 바닥 친 내 자존감이 다시 관성처럼 돌아가려 할 때마다 두 눈을 질끈 감아버리고 작은 거라도 꼭 해내고 말았다.

내 자리는 저 바닥이 아니야. 원래대로 돌려놓는 중이야. 지금 이 순간을 잊지 마. 뒤돌아보지 마. 내가 있어야 할 곳은 앞으로 내가 정하는 거야. 주문처럼 되뇌고 앞만 보고 걸어갔다. 미래가 보이지 않는 듯 앞이 보이지 않는 사람이 청각과 촉각에 의지한 채로 더듬더듬 손을 짚어가며 걸어가고 있는 것처럼. 아무것도 없이 맨몸으로. 두려웠다. 하지만 아무것도 할 수 없던 예전의 내 모습이 더 두려웠다. 그러니 나는 계속 갈 거라고 마음먹었다. 희망과 함께.

자야 하는데 자기 싫은 거 뭔지 아시죠

지금의 나도 여전히 야행성이지만 예전의 나도 야행성이었다. 세상이 가장 적막하고 고요한 새벽이 좋았다. 그 안에서 사색을 즐겨 했었다. 글을 쓸 수도 있고, 조금 더 집중해서 음악을 들을 수도 있고, 라디오를 들으며 세상 사는 사람 이야기들도 들을 수 있는 그런 사랑스러운 새벽을 좋아했다. 온통 세상이 시끄러운 낮과는 다른 이 새벽이 유일한 쉼이었다.

그렇게 지내다 보니 밤낮이 바뀌어버렸다. 그렇게 올빼미 생활이 시작되었다. 당신께 말하고 싶다. "자야 하는데 자기 싫은 거 뭔지 아시죠. 지금 자면 네 시간 반밖에 못 자는데도 자기 싫은 거 뭔지 아시죠. 그래도 새벽이 계속되었으면 하는 맘 뭔지 아시죠. 내일 분명 아침에 일어나서 후회할 거 알면서도 버틸 대로 버텨보는 거 뭔지 아시죠. 내일 병든 닭처럼 고개 까딱 거리며 졸고 하품 백 번 할 거 알면서도 이러고 있는 거 뭔지 아시죠.” 그래도 좋았다. 새벽은 생각하기 딱 좋은 시간대니까. 그러고 보니 어느 새벽 나에 대해서 썼던 글이 생각난다.

그때 나는 우물에 빠져있다고 생각했다. 그것도 아주 깊은 우물에. 아무도 찾지 않아서 또랑처럼 고여있는 우물 말이다. 물이 썩었는지 어쨌는지 위에서는 쳐다봐도 보이지도 않을 만큼의 깊은 그런 우물. 그 당시 나는 그 우물 안에 있었다고 생각했다. 너무 높아서 빠져나올 수가 없는 거다. 이리저리 궁리하다가 도저히 방법이 나오지 않아 엉엉 울기 시작했다. 난 이제 여기서 벗어날 수 없구나, 완전히 고립되었구나 하면서. 도와줄 사람도 없고 완전히 혼자가 되었다는 생각에 꺼이꺼이 울었다. 그게 몇 날 며칠이든 간에 계속 울었다.

그런데 그렇게 우니까 우물이 점점 차오르더라. 어느새 몸을 적실 정도까지 차오르더라. 얼마의 시간이 지났는지도 모르겠다. 누구라도 들으라고 더 실컷 울어재꼈다. 살려주세요. 저 여기 있어요. 거기 누구 없나요. 여기 사람이 있어요. 저 좀 살려주세요. 미친 듯이 울었는데. 글쎄 정신 차리고 보니 내가 그 눈물에 몸이 둥둥 떠 있는 거다. 탈진 상태가 되어서야 내가 그 깊은 우물에서 몸이 떠 세상 밖으로 나올 수 있었다. 그리고 어디론가 사라져버렸다. 그곳이 어딘지는 모르겠지만 축축한 몸을 이끌고. 어쩌면 우물 속에서 메말라 죽을 수도 있었는데 눈물이 나를 살리게 된 셈이 된 것이다.

내가 비록 힘들어 우는 순간에도 난 나를 위했고 결국은 날 살렸다. 우는 시간 마저도 결코 헛된 시간이 아니었던 것이다. 나의 슬픔도 나를 좀 먹어 모순적이게도 날 살렸던 것이다. 나는 어떤 또랑이나 우물을 보면 이제 이 이야기부터가 생각 난다.

당신들도 우물에 빠져 있는 순간이 있다면 절망하시라. 더욱 절망하시라. 빠져나오려 애쓰지 마시라. 그냥 거기 그렇게 있다 보면 어느새 양지 바른 곳으로 나와 있는 나를 발견하게 될 것이다.

뭔가를 이루려면 때를 기다릴 것

세상 모든 일이 타이밍이 중요한 것 같다. 때를 기다릴 줄 알아야 하고 그에 대비해 준비를 철저하게 하고 있어야 하며 어느 정도의 운도 따라 줘야 하는. 말이 쉽이 이게 참 어렵다. 실력은 기본으로 있다고 가정할 때 언제까지고 기다려야 하는 막막한 기분은 참 잘 알 것 같다. 어떤 부분에서는 확신이 있을 때는 걱정하지 않는다. 시간이 지나면 알아서 그때가 올 거라는 확신이 있으니까. 또 어떤 부분에서 확신이 없으면 조급해지기 시작한다. 그 페이스에 말려들어가는 순간 나도 괴롭고 일이 순조롭지 못하게 된다.

항상 평정심을 유지하고 내 할 일을 준비하는 것. 그것만이 답일 것이다. 지금은 바다 한가운데 망망대해에 있는 것 같지만 또 그렇지 않다. 나도 모르는 누군가가 지켜보고 있다고 생각하면 말이다. 그 사람을 위해서라도 뭐 하나라도 더 해야 하지 않을까. 그게 단 한 사람이라도 말이다.

방금 플랫폼에 이런 글을 썼다. 카페 이야기를 하며 때를 기다리라고. 비단 스타트업뿐만 아니라 인생에서 흘러가는 모든 일에서도 그렇다고 본다. 내가 하고 싶은 일이 있다면, 이루고 싶은 것이 있다면 자신을 믿고 그때를 기다려라. 대신 준비는 철저히 할 것. 이 말을 꼭 하고 싶었다. 더 열심히 하자는 의미에서. 모두가 보는 앞에서 이런 이야기를 하면 나를 속이지 않고 이 다짐을 지켜낼 것만 같아서.

나에게 글 쓰는 건 쉽다. 오늘도 작업실에 있다가 집에 와서 밥 먹고 씻고 와서 바로 상세페이지 만들어 업로드하고 최종 스마트 스토어 오픈을 했다. 그러고 나서 플랫폼에 올릴 글도 썼다. 글은 나에게 쉽다. 어떤 사람은 그런다. 어떻게 맨날 글을 쓰냐고. 나도 예전에는 그런 생각을 했다. 블로그에 매일 글을 1일 1 포스팅하라고? 그게 가능한 일인가. 근데 가능하고 가능했다. 책과 글을 많이 접하고 일기처럼 쓰다 보면 누가 시키지 않아도 어느새 글을 쓰고 있는 나를 발견하게 된다. 그래서 별말이 아니라도 거의 1일 1포스팅을 했더랬다. 이것도 워낙 생각하기를 좋아하기도 했고 새벽 고요한 시간에 생각 정리할 겸 해서 글을 쓰기 시작한 게 이렇게까지 와버렸지만.

요즘 많이 드는 생각은 그냥 하는 것. 이게 중요하다는 것이다. 예전의 나는 성공하는 쉬운 길이 없을까 이리저리 궁리만 한 채 허비한 시간이 많았다. 유재석도 그러지 않았나. 이십 대로 돌아가고 싶냐고 물으면 절대 돌아가기 싫다고. 그땐 무명 생활이 힘들었던 경험이 뼈아프게 있었고 그때 버린 시간이 아깝다고.

누가 나에게 그런다. 당신은 어떻게 그렇게 추진력이 강하냐고. 난 불과 몇 년 전까지만 해도 누워만 지냈다. 씻거나 먹을 기력조차 없이 시체처럼 가만히 있었다고 생각하면 된다. 그냥 시체. 나도 유재석과 같은 허송세월을 보냈었다. 그 꽃다운 나이에.

그러나 이제는 그 시간을 허투루 보낸 걸 뼈저리게 후회한다. 젊을 때 고생해 보지 언제 고생해 보겠냐는 생각이 스멀스멀 들기 시작했다. 바로 이 글쓰기 때문에. 매일같이 글을 쓰는 내가 글 쓰는 걸 더 이상 힘들어하지 않게 되었을 때 난 나에게 어떤 걸 꾸준히 할 수 있는 힘이 생겼다고 믿었다. 그리고 그 믿음을 시작으로 여러 가지 일을 벌일 수 있었던 것 같다. 학원도 다니고 우연한 기회에 이렇게 사업도 해보고. 작가도 되어보고 글도 더 많이 쓰고 말이다.

꿋꿋하다

'꿋꿋'이라고 발음할 때마다 혀가 천장을 밀어내는데 부드럽고도 지긋이 눌리는 그 느낌이 좋다. 흔들리는 내가 좀 잡히는 것 같아서. 밖으로 나서긴 해야 하는데 덜덜 떨고만 있을 순 없으니까 습관처럼 입술을 앞으로 쭉 내밀면서 꿋꿋- 이러고 있다. 이 습관도 스스로 일어설 수 있는 법을 터득한 것만 같아서 다행이다.

내가 꿋꿋할 수 있다니 꿈도 못 꿨다. 나는 아무것도 아닌데, 꿋꿋한 척하면 웃겨보일 줄 알았는데. 한때는 오히려 계속 웃었다. 웃고 있으면 세상이 날 좀 봐줄 줄 알았다. 그런데 그렇게 행동하니까 세상이 날 더 상처주는 것 같았다. 그 순간 부터는 어떤 척할 힘도 없이 밖으로 나가지도 않았다. 포기하는 시간이 길어질수록 일어서기까지 얼마나 많은 고통이 따

를지 알면서도 일어설 수 없었다. 그리고 아무도 날 일으킬 수 없었던 것 같았지만 결국은 해냈다.

처음부터 다시 시작한다고 생각해봤다. 일어서는 법, 일어서서 버티는 법, 한 발자국 내딛는 힘을 기르는 법, 그리고 앞으로 내딛는 순간까지 조급하게 생각하지 않고 그 모든 순간에 의미를 뒀다. 그리고 모든 과정은 고꾸라지려 할 때마다 손내밀어 주는 사람이 있어서 가능했다. 혼자 해낸 것이 아니었다.

이제는 내가 날 방패 삼아 뒤에 숨어서 덤덤한 척이라도 할 수 있게 된 게 너무 신기하다. 사람들 앞에서 보이는 나는 진짜 내가 아니지만 이 꿋꿋함에 익숙해지고 시간이 흘러 더 단단하고 온전해진다면 그때야 비로소 있는 그대로의 나를 보여줄 수 있지 않을까 싶다. 그때가 되면 누가 뭐라 하든, 이게 난데 뭐, 하면서 전보다 더 덤덤히 지낼 수 있지 않을까. 그래서 오늘도 소리내어 말해본다. 나는 꿋꿋하다.

롤모델이나 이상향이 있는 것은 목표를 분명히 하고 목적지까지 달려가도록 하는데 도움이 된다. 가끔씩 포기하고 싶어 지지만 그래도 울면서 달려 간다. 나는 내가 더 이상 울지 않았으면 한다. 완성은 없다. 내가 만족을 하느냐 안 하느냐는 나의 문제다. 그저 내 가슴속에 손은 얹고 스스로에게 물어봤을 때 떳떳할 수 있는지, 만족할 수 있는지의 문제다. 완벽도 없다. 남과 비교하는 순간 끝이다. 그러니 스스로에게 만족할 수 있도록 부끄럼 없이 움직여야 한다. 오늘도 다시 한번 말하지만 멈추는 일은 없어야 한다. 울면서도 난 달려가야 한다.

그러니 나에게 충실해야 한다. 나에게 충실하면 걱정의 대부분은 사라진다. 사소한 것들로 날 휘둘리게 놔두지 않아야 한다. 나에게 집중해야한다. 나만 주시해야 한다. 흔들릴 필요도, 불안할 필요도 없다. 날 흔드는어떤 것 속에서도 내 자신을 단단히 붙잡으면 된다.

저에게 전화 걸지 말아 주세요

용건이 있으시면 가능한 문자로 해주세요. 사람들과 대화할 때마다 내가 꼭 당부하는 말이다. 나는 전화가 싫다. 바로바로 생각을 꺼내서 말을 뱉어야 하는 것이 싫다. 생각을 정리하고 나서 글로 대화를 나누는 게 훨씬 편하다. 전화는 너무 직접적이다. 마치 상대방과 함께 있는 기분이 들고 용건에 바로 대답해야 할 것 같은 느낌, 조금이라도 머뭇거리면 내 생각을 간파당할 것 같은 느낌, 나는 시간이 필요한데 상대방은 그 틈을 주지 않을 것 같은 촉박함 등이 나를 옥죄게 한다. 그래서 글이 좋고 글쓰기를 좋아하나 보다. 실제로 대화도 문자나 편지가 훨씬 좋다. 나는 대면 대화를 힘들어하는 사람이다. 그래서 사람을 대할 때면 항상 긴장을 하는 편이다. 오죽하면 옆에 있는 사람이 "넌 사람 앞에만 서면 어쩜 이렇게 깡통 로봇 같냐."고 했을 정도니까. 이렇게 태어났으니 어쩔 수 없지만 그래도 많은 부분에서 개선되었다. 하지만 그래도 여전히 문자가 좋다. 전화는 말이 길어진다. 전화는 대부분 간단하게 끝나는 법이 없다. 이 얘기를 하다가 또 다른 화제로 전환이 되는 경우, 매우 피곤해진다. 상대방의 말에 호응을 해줘야 하는 것도 상당한 고문이다.

일명 콜포비아, 전화 공포증이라고도 불린다고 한다. 나는 이런 단어가 있는 줄도 몰랐다. 우연히 티브이에 어떤 연예인이 자기는 전화가 너무 불편하다고 말하는 걸 봤다. 나랑 똑같은 사람이 있다는 사실에 신기하기도 했다. 내가 유별나서 그런 게 아니고 다른 사람들도 전화에 대해서 거부감이 많구나 하고 깨달은 순간이었다.

문자는 내가 필요한 용건만 정리해서 전달할 수 있고 대화 자체도 짧아지는 경우가 대부분이다. 전화에서 느낄 수 있는 묘한 감정 기류를 피할 수 있는 문자가 너무나 좋다. 그래서 항상 사람들에게 얘기하곤 한다. 용건은 이메일이나 문자로 전달해 주세요. 그래서 거의 이메일이나 문자로 대화를 나누는데 가끔 눈치 없이 전화를 거는 사람들이 있다. 그럼 받지 않는다. 급하면 다시 전화 오겠지 하는 식이다. 진짜로 급하면 여러 번 전화가 온다. 그럴 때는 받는다. 전화에 대한 촉도 있다. 모르는 번호인데 왠지 받아야 할 것 같은 느낌이 들 때가 있다. 받아보면 정말 중요한 전화다. 전화에 예민하다 보니 이런 촉도 생겼다.

예전에 구직할 때도 전화 때문에 애를 먹은 적이 있다. 일단 이력서를 돌리고 나면 회사 인사담당팀에서 구직자에게 전화를 돌리기 때문이다. 전화 공포증이 있는 나는 전화를 받을 수 없다. 그래서 구직할 때 항상 하는 일이 있었다. 내가 지원한 곳이 인사 담당자 번호를 모두 리스트에 적어 놓는 것이었다. 담당자 번호가 없을 때는 난감했다. 그럴 때는 일단 회사 이름만 적어두었다. 보통 이력서를 돌리면 빠르면 하루, 이틀 보통은 일주일 안으로 연락이 오기 때문에 휴대폰 앞에 항시 대기하고 있는다. 그러면 곧 전화가 온다. 그럴 때면 심호흡을 크게 하고 당당한 척 전화를 받곤 했다. 이것도 한 번에 된 건 아니었다. 여러 번의 연습이 필요했다. 나의 경우 전화 공포증이 심해 구직을 해놓고도 전화를 못 받은 적이 정말 많았다. 그럴 때면 어떡하지를 한 백 번쯤 연발하다가 내가 먼저 용기 내 다시 전화를 건다. "부재중 전화가 와 있어서 연락드렸습니다. 누구누구입니다."

내가 생각해도 한심하기 짝이 없었다. 그래도 당시에는 이것도 용기 많이 낸 거였다. 처음에는 이력서를 뿌려놓고 전화가 와도 아예 받지도 않고 다시 전화 거는 일도 없었다. 나 같은 사람도 일을 한다. 신기하지 않은가. 물류 회사에서도 일해보고, 쇼핑몰, 편의점, 카페에서도 일해봤다.

한번은 무슨 배짱인지 한 달 단기 아르바이트로 공공기관에서 콜센터 아르바이트를 했었다. 전화 공포증을 이겨내보고 싶었다. 돈이 급하기도 했다. 딱 한 달만 버티면 되겠거니 해서 시작한 아르바이트였다. 그런데 웬걸. 첫 전화부터 호통치는 상대방의 음성에 얼음이 되었다. 욕설부터 시작해서 하소연에 이르기까지, 입이 떨어지지 않던 나를 보던 팀장님이 실시간 채팅으로 멘트를 날려주었다. 덕분에 스크립트를 읽으며 위기를 모면했지만 그 전화로 공포에 덜덜 떨었던 기억이 있다. 그리고 나는 삼일 만에 퇴사했다.

생각해 보면 간절함의 차이인 것 같다. 진짜 몸 누울 곳 없고 궁해봐야 발등에 불 떨어져서 뭐라도 하려고 전화를 받게 된다. 내가 생각하는 나는 자신감은 없지만 남에게, 또 가족에게 손 벌리거나 부탁하는 걸 굉장히 싫어하던 사람이었기 때문에 수중에 자금이 떨어지면 그때는 급하게 일을 구하기 시작했다. 간절해진 것이다. 그렇게 해서 뭔가에 떠밀리듯이 여러 회사나 아르바이트를 할 수 있었다. 반면에 의외지만 내가 하고 싶은 일은 또 해봐야 직성이 풀리는 성격이었기 때문에 내 경력을 내세우며 카페에서 일할 수 있었다. 전화 공포증에서 어떻게 구직 이야기까지 흘러왔지만 아무튼 간절함이 전화 공포증을 이겨낼 수 있게 한 것 같다.

그리고 지금은 또 다른 간절함이 생겨 더 이상 전화를 무서워하지 않기로 했다. 어쨌든 전화도 중요한 소통의 도구이기 때문에 이를 배제할 수는 없었다. 그리고 이제 작지만 카페도 차리고 책도 쓰면 여기저기서 연락을 받을 것이기 때문에 어쩔 수 없다. 더 이상 피할 곳은 없다고 생각했다. 그렇다면 즐기기로 했다. 에이 몰라 받아버리지. 하고 통화 버튼을 누르면 별 수 있나. 말해야겠지. 고객 한 분이라도 더 소통하려면 전화 받아야지 별 수 있나. 어쩔 수 없음과 간절함이 나에게 전화 공포증을 서서히 이겨내도록 만들어준 것 같다. 정말로 별 수 있나. 뭔가를 얻으려면 해내야지.

어른이 무서웠어요

어렸을 때는 어른이 무서웠다. 그 어렸을 때라 함은 사회에 뛰어들기 시작한 대학생 무렵쯤. 더 어렸을 땐 아직 어리니까, 성인이 아니니까 조금 실수해도, 무례해도 귀엽게 넘어가 주는 게 있었다. 어른들이 아이들의 그런 서툰 구석을 이해해 주는 게 느껴지기도 했다. 그런 부분을 이용해서 오히려 할 말 안 할 말 가리지 않고 하기도 했었으니까. 그런데 대학생이라는 성인이라는 신분이 되면서 어른을 어떻게 대해야 할지 무서웠다. 학교에 가면 처음 마주하는 어른은 교수님이다. 교수님에게는 깍듯이 대해야 할 것 같고, 말을 걸면 나도 모르는 학문적인 질문을 던질 것 같아서 피해 다닌 적도 있었다.

나만 그런가. 이제 갓 성인이 된 나는 교수님이 밥 한 번 먹자고 하면 흔

쾌히 "언제가 좋을까요?" 하며 적극적으로 굴면서도 뒤에서는 뒷걸음질
쳤다. 밥을 먹자고 하는 이유가 따로 있는 것은 아닌지 교수님을 만나면
무슨 얘기를 하면서 식당으로 향할지, 수저를 놔드려야 하는지, 물을 따
라드려야 하는지, 또 수업 얘기를 하는 건 아닌지, 내가 주도가 되어 이야
기를 이끌어가야 하는지 등 처음부터 끝까지 시뮬레이션을 했었다. 그런
데 막상 만나고 보니 그냥 수업을 열심히 듣는 학생이 있기에 내가 눈이
띄었고 혼자 밥 먹기 심심하니까 나를 점심 식사에 초대했던 것이다. 교
수라고 해서 깍듯이 해도 되지 않아도 되었다. 교수님은 오히려 내가 먹
기 좋도록 수저와 물을 먼저 준비해 주시기도 했다. 어른에 대한 편견이
있었던 것이었다.

　교수 다음으로 자주 만나는 어른은 선배들일 것이다. 지금 생각해 보면
교활한 선배도 있었고, 남 눈치 보지 않고 자유로운 보헤미안처럼 학교
를 다니는 선배도 있었고, 후배를 챙겨주기도 하는 착한 선배도 있었다.
오히려 선배를 대하는 게 더 골치가 아팠다. 경험상 바로 몇 살 차이 나지
않은 사람들이 더 어려운 것 같다. 과 특성상 자주 보기도 하고 하나도 안
반가운데 반가운 척 매일 인사하는 것도 지쳤었다. 밥 먹자고 하면 매번
사주시는데 그걸 계속 받아먹는 나도 무안하기도 했다. 그 자리가 싫어
서 체한 적도 있었다. 사실 계속 밥 사주는 그런 선배들의 속셈은 따로 있
었다. 내가 저번 수업에 빠졌으니 필기를 보여달라고 하든가, 족보 좀 구
해달라고 하는 등의 식이었다. 책을 대출해달라고 하면 대출해 줘야 했

다. 그때의 나는 거절을 할 줄 몰랐기 때문에 선배들 틈에서 상당히 피곤한 학교생활을 했었다. 지금 생각해 보면 지레 겁먹다 보니 몇 살 많은 선배들이 그런 나의 특성을 간파하고 이용했던 것 같다. 한 살 위 선배가 더 무섭다고 하더니 그 말이 딱 맞았다. 그래서 늘 학교생활이 피곤하고 불편했다. 졸업을 하고 직장 생활을 하면서는 상사들을 대할 때 나도 모르게 다나까를 쓰고 있었다. 그런 분위기가 아닌데도 말이다. 회사 생활을 처음 해보고 막내라고 은근히 허드렛일을 시키며 부려먹는 게 느껴져서 나도 모르게 말투가 그렇게 튀어나왔던 것 같다. 회사에서 소외되면 어떡하지, 신입이니까 어려운 업무를 주지는 않을 텐데 이것도 못 해내면 어떡하지 하는 엄청난 압박감과 함께 사람 스트레스까지 받으니 죽을 맛이었다. 내가 다녔던 회사는 주기적으로 대표와 일대일 면담을 가지는 시간이 있었다. 회사에 대한 방향성과 직원의 복지를 위한 면담이라고는 했지만 상당히 부담스러운 시간이었다. 대표와 그것도 단둘이 면담이라니 끔찍했다. 무슨 말을 해야 할지 머리가 새하얗게 변하곤 했다. 대표는 대표라는 자리가 다른 사람들이 대하기에 어려워하는 자리라는 걸 알았기 때문인지 늘 직원에게 다정한 말투를 쓰곤 했다. 그것도 그 대표만의 노력이었지만 형식적인 걸 알았기 때문에 그래서 더 불편했다. 둘이서 면담할 때면 개인적으로 회사가 잘 굴러가고 있는지, 조금 더 효율적으로 일할 수 있는 방안을 따로 생각해 본 적이 있는지, 지금 회사 생활에 만족하고 있는지, 회사에 바라는 점은 없는지 물어보는 식이었다. 그러고는 상담 마지막에는 꼭 이런 말을 했다. "이건 회사 돈이 아니고 내 사비로 주는 거야." 그러면서 봉투를 쥐여주었다. 물질적인 건 고마웠지만 그 봉투는 억만 년 같은 시간을 버틴 나에게 주는 대가라고 생각했다.

아직도 어른이 무섭냐고 묻는다면 아니다. 요즘은 자기 생각을 말할 줄 아는 사람이 더 매력적이고 좋다. 무례하게 할 말 못 할 말 가리지 않고 한다는 뜻이 아니라 내 생각을 뚜렷하게 말할 수 있는 사람이 좋다. 자기 주관이 있는 사람이 좋다는 말이다. 그리고 요즘 어른들도 뒤에서 꽁해있는 것보다 이런 걸 더 선호하는 것 같다. 나는 이제 내가 하는 일에 대해서 말 못 할 것도 없다. 오히려 일을 잘 하려면 숨기거나 가식적인 게 없어야 한다. 있는 그대로를 얘기해야 일 진행이 빨라지고 개선되며 성과가 난다. 그래서 그 사람의 나이와 지위가 어떻든 이제는 겁먹지 않는다. 그건 나를 위해서고 일을 위해서다. 넓게 보면 서로를 위해서다. 나만 해도 내 생각을 당당히 말할 수 있는 사람이 좋다. 나 또한 당당하기 때문에 상대방도 나를 무시하지 않는다. 말이 잘 통해 서로의 의견이 받아들여질수록 일이 수월해진다. 나는 그게 좋다. 나만의 생각을 가지고 거침없이 말할 수 있는 사람. 그런 사람이 좋고 나도 그런 사람이 되어가고 있다.

제3장
아직 모자라지만 채워지고 있는 지금

나라는 사람이 누구인지 알고 있나요

혹시 자신에 대해서 잘 알고 있는 사람 있을까? 날 어느 정도 알 것 같아 하는 분들은 평소 자신에 대해서 고찰을 많이 하고 있었던 분일 것 같다. 나도 나라는 사람을 알게 된 지 얼마 되지는 않았다. 이 나이 먹으면서까지 말이다. 그런데 아직도 내가 모르는 내가 어디선가 불쑥 나오곤 한다. 그러면서 아, 내가 또 이런 면이 있구나 깨달아 나가는 거다. 우리는 모든 상황을 경험해보지 못했으니까. 거기서 또 나를 이렇게 알아가는 거다.

나라는 사람을 왜 그렇게까지 파고들면서까지 알아야 하는지 궁금한 분들도 있을 것이다. 적을 알고 나를 알아야 백전백승이란 말이 있다. 내가 누군지 잘 알아야 내가 가야 할 방향을 보다 쉽게 찾을 수 있다. 그냥 물 흐르듯 살 거예요. 해도 좋다. 나도 이 말 상당히 좋아한다. 그런데 물 흐르듯 살겠다는 건 어쩔 수 없는 상황에서 더 잘 먹히는 말일지도 모른다. 우리는 이 세상을 살아 내야만 하니까. 내 삶을 좀 더 다채롭게 채우고 싶다, 한 번 사는 인생 하고 싶은 거 다 하고 떠나고 싶다 하는 분들은 최소한 내가 뭘 좋아하는지는 알아야 어떤 장르의 영화라도 보거나 어디라도 여행을 갈 수 있지 않을까. 그런 것도 없이 누군가가 가자고 하는 곳으로 가고 혹은 보자는 것으로 보면 주체적인 삶이 되지 못하니까.

자기만족감을 채우려면 내 삶에 주체적이 되어야 한다. 내 성격이 어떤지, 평소 화를 잘 내는지, 말이 없는지, 다른 사람과 있을 때는 어떤지, 무엇을 좋아하고 싶어 하는지를 종이에 적어보시라. 나의 장점과 단점도 리스트를 만들어 쭉 정리해 보시라. 인생에 있어서 매우 중요한 과정이다. 첫 단추가 잘 꿰어져야 바른길로 갈 수 있듯이 시행착오를 조금이나마 줄일 수 있는 방법이다. 그런데 이게 참 생각보다 힘들 것이다. 나도 그랬다. 연필을 쥔 적이 몇 년 전인데 꼭 해야 하나 싶었다. 그래도 삐뚤빼뚤한 글씨로 나에 대해서 딱 한 번 정리해 본 적 있다. 그때는 와닿지 않았다. '이렇게 정리해서 뭐 어쩌라는 거야. 이게 어떻게 도움이 된다는 거야.' 했다. 그 리스트를 잘 보관해 놓고 밖에서의 나를 잘 살펴보시라.

밖에서 공부를 하든, 일을 하든, 친구를 만나든 어떤 감정이 드는지 일기를 쓰는 것도 추천한다. 오늘은 내가 이런 일이 있었는데 기분이 좋았다. 화가 났다. 그래서 어떻게 하고 싶었다. 구체적으로 적을수록 좋다. 일기를 무시하지 마시라. 매일 쓰시라. 나중에 돌아보면 저 때의 내가 그랬구나, 지금도 내가 저 상황이라면 똑같이 저런 반응을 할까. 생각해 볼 수도 있고 바뀐 혹은 여전한 나를 발견할 수 있다. 바뀌었다면 말 그대로 세월이 흐르면서 성격이 바뀌었다거나 여전하다면 나는 원래 그런 사람이라는 걸 알 수 있는 거다. 나는 이걸 어떻게 터득했냐면, 처음에는 약 5년 전부터 일기를 쓰고 싶을 때 쓰기 시작했다. 주로 부정적인 생각이 들 때마다. 처음에는 어디다 하소연할 곳이 없으니 털어놓을 곳이 마땅히 없어서 일기를 쓰기 시작했다. 그런데 그 일기가 가끔에서 자주로 바뀌고 매일이 된 거다. 일기가 몇 년 치가 쌓이니까 어마어마하지 않나. 지금도 여전히 블로그에 글을 쓰고 있지만 예전 일기를 보면 지금과 완전히 다른 사람이 되어 있는 게 피부로 느껴졌다. 어떤 사람이 내게 이런 말을 했다. 네가 쓴 예전의 일기와 지금의 일기는 완전히 다른 사람이 쓴 것 같다고. 그 정도로 나를 객관적으로 알 수 있는 게 일기다. 그리고 블로그 기능 중 하나가 오늘 날짜로 썼던 작년, 혹은 재작년의 내 일기를 보여주는 기능이 있다. 그것도 보면 은근 재미있다. 일 년 전의 오늘의 나는 이랬구나 하면서 과거의 나와 마주할 수 있는 것이다. 꼭 블로그가 아니어도 된다. 노트를 하나 사서 일기를 쓰시라. 그게 단 한 줄이라도 꾸준함이 중요하다. 그리고 써놓고 거기에 그치지 말고 시간이 흐른 뒤 정말 심심해서 할 게 없을 때 한 번 펴서 과거의 나를 구경하시라. 나라는 사람을 더 잘 알 수 있을 것이다.

　나와 마주하는 걸 두려워하지 마시라. 내 삶에 있어서 필수적인 과정이다. 내가 누군지 알아야 뭐라도 할 수 있다. 그리고 하고 싶은 걸 마음껏 하시라. 내 인생 내 거다. 내가 뭘 하든 누가 뭐라 하나. 한 번 살다 가는 인생이라고 생각하면 지금 이 시간도 너무 아깝게 느껴지지 않나. 아깝게 느껴진다면 좋은 반응이다. 우리는 분명 지금보다 더 나아질 사람들이다. 우리 모두에게는 가능성이 있다.

늘 어르고 달래야 하는 나

이렇게 나라는 사람이 누구인지 알게 되기도 하지만 또 다른 내가 튀어
나오곤 한다. 앞서 말했듯이 모든 상황을 경험해 보지 못했으니까. 그런
데 경험해 본 상황에서도 변함없이 똑같은 반응이 나올 때가 있다. 그것
도 매일 경험해야만 하는 상황에서. 가령 집에 왔는데 불 꺼진 집을 보니
외롭다고 느껴질 때나, 어떤 음악을 들으면 특정 상황이 생각나 우울해
진다거나, 혼자 밥 먹으면 맛없는데, 누구라도 같이 먹으면 좋을 텐데 하
는 것들이다.

우리는 이럴 때 대책을 세워야 한다. 가뭄에 대비하듯, 홍수에 대비하
듯이 내 마음에 대비책을 세워놓는 거다. 퇴근 후 불 꺼진 어두컴컴한 집
이 나를 집어삼켜버릴 것 같을 때 나는 일부러 작은 등을 하나 사두고 출
근 때 켜놓고 나간다. 작은 무드등 같은 걸 현관에 두는 거다. 그럼 적어

도 어둠이 날 잡아먹을 것 같지는 않으니까. 나를 우울에 풍덩 빠지게 만드는 음악이 있다면 그 음악 장르 자체가 그런 것이겠지. 이것도 주관적이지만 나는 그냥 더 푸욱 빠져 있는다. 그 음악이 좋아서 자꾸 듣고 싶은걸 테니 그 음악에 더욱 집중해서 감상하게 날 내버려 두는 것이다. 그렇게 욕조에 가득 담긴 물에 푸욱 몸을 담그듯 우울에 푸욱 절여있다 나오면 노래 한번 지독하게 만들었네 하고 말게 되더라. 그리고 이번에 알게 된 거지만 혼자 밥 먹으면 맛이 없다는 걸 깨달았다. 여기서 또 새로운 나를 알게 된 거다. 어쩐지 혼자 밥 먹으면 이상하게 깨작깨작 먹게 되더라. 아무튼 그럴 때는 더 정성껏 음식을 준비해본다. 혼자 먹는다고 평소 먹는 것처럼 대충 반찬통 열어서 늘어놓고 먹지 않고. 예쁜 접시 하나를 골라서 반찬도 예쁘게 담아보고 밥도 평소보다 먹음직스럽게 담아서 먹어본다. 자신에게 오늘 하루 수고했다고 대접하는 의미로. 그럼 또 기분이 색다르더라.

내가 들었던 예시들은 일상생활에서 흔히 접할 수 있는 것들이지 않나. 그런데 이런 일상에서 꼭 필요하고 사소한 것들이 나를 흔들어 삼키고 날 쥐락펴락한다. 바빠 죽겠는데 이런 기분에 속아 넘어갈 순 없다. 우리는 나를 지킬 수 있는 철저한 방어막을 세워야 한다. 위에서 말했듯이 이것도 나를 잘 알아야 대비를 할 수 있다. 나를 알고 나를 알면 손해 볼 거 하나도 없다. 나를 잘 알수록 이 변화무쌍한 삶 가운데서도 나를 어르고 달랠 수 있다.

가끔은 내가 정말 왜 이러나 싶을 정도 감정 기복이 심할 때가 있을 수 있다. 내가 그렇다. 무슨 롤러코스터를 타는 것처럼 기분이 올라갔다 내려갔다 종잡을 수 없을 때가 있더라. 그럴 때 나는 잠을 잔다. 잠시라도 잊으려고 회피하는 것이다. 이건 나만의 대비책이다. 나를 어르고 달래는 게 참 쉽지가 않다. 아직도 어르고 달래는 방법을 찾고 찾는 걸 보면 아직도 내가 모르는 내가 내 속에 숨어 있나 보다. 얼마나 더 꺼내 봐야 알 수 있을까. 이건 나뿐만 아니라 모두의 숙제 같다.

내가 화나도 짜증을 안 내려는 이유

어린 시절 나는 징징대기 바빴다. 엄마가 이거 안 해줘서 흥, 저거 안 사줘서 흥. 친구들과 다툼은 없었지만 섭섭한 게 있으면 혼자서 꽁하고 있다가 혼자 감정 정리하고 다시 놀고 그런 성격이었다. 그 성격이 대학 시절까지 이어졌다. 이의가 있으면 바로 말하고 그 자리에서 문제와 감정을 한꺼번에 해결해버리는 일명 쿨한 성격의 소유자들이 너무나 부러웠다. 어떻게 저렇게 콕 집어서 당당히 할 말을 하고 해결까지 깔끔하게 해낼까. 그렇게 부러워하면서도 내 성격을 고치지 못했다. 그때의 나는 너무 어렸다. 시험 문제가 어려우면 어렵다고 투덜대고, 어떤 오빠가 이랬는데 저랬는데 하면서 하소연하기 바빴다. 남 문제로 이러쿵저러쿵 얘기를 하면 할수록 내가 손해라는 것도 인지하지 못했다. 그리고 그 성격을 고칠 거라고 생각하지 못했다.

　나이 먹는다고 다 어른은 아니지만 나이 좀 먹고 사회생활 좀 해봤다고 이런 성격이 조금씩 고쳐지기 시작했다. 나의 만족스럽지 못한 부분이 있다면 알아서 바꿔야 한다고 생각할 때쯤이었다. 그쯤 나는 내 주변의 일명 꼴불견이라 불리는 사람을 보며 하나씩 나를 바꿔가기 시작했다. 저런 행동을 하면 주위 사람들이 싫어할 텐데 하는 것들을 바꿔나갔다. 특히 나도 모르게 한숨 쉬는 것과 아이씨 라고 말하는 버릇을 고치려 노력했다. 언젠가 누가 옆에서 한숨을 쉬었는데 땅이 꺼지는 것 같고 괜히 나도 힘 빠지는 걸 느꼈기 때문이다. 또 언젠가 누가 아이씨라고 말하는 모습을 봤는데 그게 그렇게 미워 보일 수가 없더라. 심지어 욕을 하는 줄 알았다. 사람에게서 사람을 배운 것이다. 나는 그렇게 사람을 통해서 내 단점을 많이 고쳤다. 투덜대는 것도 거의 고쳤다. 투덜대고 징징대봤자 해결되는 건 아무것도 없다는 걸 깨달았기 때문이다. 그럴 시간에 차라리 문제가 있다면 하나라도 더 해결하는 게 나에게 도움이 된다.

　나도 반성해야 할 점 많지만 이를 인지하지 못하고 짜증 내고 화내는 사람 많다. 본인이 인지하지 못하는 것이 더 큰 문제다. 사람이 사람으로서 성숙하기 위해서는 나의 문제점을 인지한 뒤부터는 바꾸려 노력해야 한다. 이게 사람 즉 성인이 되어가는 과정이다. 나이만 먹는다고 다 성인이 아니다. 발전이 없으면 머무를 수밖에 없다. 그저 그런 인간으로서.

　또 하나 인생에 있어서 크게 깨달은 부분이 있다면 될 일은 될 것이고 내가 어쩔 수 없는 부분은 신경 쓰지 말자는 것이다. 될 일은 어떻게든 방법이 있다. 때를 기다리고 그때의 상황은 그때 어른답게 책임지고 처리하면 된다. 지레 겁먹는 것도 보기 좋지는 않다. 안 되는 일 가지고 전전긍긍하는 것도 오히려 나에게 독이 된다는 걸 깨닫게 된 순간 그 일은 놔주기로 했다. 안 되는 걸 어떻게 하나. 어쩔 수 없지. 이것 또한 어른답게 쿨하게 놓아줄 줄 아는 너그러운 마음이 필요하다.

스스로부터 다스릴 수 있게 하는 무언가가 있다는 것

예전의 나는 멀리까지 보던 사람이었다. 일을 시작하면 너무 멀리까지 생각하다 보니 지쳐서 일을 그르치기도 했다. 내가 할 수 있을까, 잘 될까 생각하다가 짐작 포기하는 일도 많았다. 마음이 현재가 아니라 미래에 있었기 때문이다.

체력 좀 챙겨야겠다 싶어 운동을 시작하다 우연히 요가에 빠지게 되었다. 유산소나 웨이트 운동도 아무 생각 없이 하기 좋지만 차분한 분위기에서 몸을 움직이는 행위가 매력적이었다. 게다가 머리를 비우고 현재에 머무를 수 있게 해준다는 점에서 점점 요가에 빠지게 되었다. 한두 동작 하다 보니 중간 난이도 동작까지 해내면서 성취감도 생겼다. 내 몸이 은근히 유연하다는 것도 알게 되고 심리적으로 정신이 맑아지는 것도 좋았다. 그때부터 아, 이거다. 하고 꾸준히 요가를 한지도 어언 두 해가 되었다. 일부러 시간을 내서 꼬박꼬박 했고 컨디션이 나쁠 때도 짧은 시간에 간단히 몸을 풀어주는 요가 동작을 하기도 했다. 짧게 하더라도 매일 요가를 하며 정신을 쉬게 하는 시간이 귀했기 때문이다.

우리가 과거에 있고 미래에 있으면 불행해진다는 사실. 알 사람은 알지 않은가. 그리고 현재에 머무르는 것. 그게 얼마나 힘든지 다 알지 않은가. 후회가 되면 과거로 돌아가고 걱정이 많아지면 미래가 걱정되고. 점점 현재에 머무르는 게 맘처럼 쉽지가 않은 세상이다. 요즘은 신경 쓸 일도 많고 일이 바쁘다 보니 요가 할 틈이 없었다. 마음의 여유가 없으니 시간을 내는 것도 맘처럼 쉽지 않다. 이 또한 마음이 따라주지 않으니까.

오늘은 마음이 저 먼 미래에 가 있어서 괴로웠다. 마음이 손에 붙잡을 수 없는 곳 까지 가 있다는 걸 자각한 순간 이러면 안 된다고 생각했다. 일 끝나고 집에 가서 씻고 바로 요가부터 했다. 오랜만에 요가를 하니 어제 한 것처럼 온몸이 편하고 이완되는 동시에 시간도 빠르게 지나갔다. 운동이든 요가든 한 번 시작하는 게 어렵지, 하고 나면 뿌듯함과 동시에 개운함이 이루 말할 수 없이 좋다.

요가는 나에게 일종의 약이다. 행위로서 치유하는 약. 조그마한 알약만이 약이 아니다. 괴롭든 슬프든 스스로부터 다스릴 수 있게 하는 무언가가 있다는 것. 살면서 그걸 하나씩 늘려가 보는 일도 좋지 않을까. 나도 더 많은 약을 만들어 보려고 한다. 현재에 머물고 싶다면 요가를 할 것. 이게 지금 나에게 가장 잘 통하는 약이다. 당신들에게도 당신 스스로를 다스리게 할 수 있는 약이 있나?

타인에 대해 얼마나 알고 있나요

나도 나를 잘 모르는데 남을 얼마나 잘 알겠나. 단언컨대 아무리 친한 친구라도 그 사람을 알고 있는 부분은 반도 안 될 거라 장담한다. 아무리 친한 친구라도 숨기고 싶은 구석이 있기 마련이다. 그리고 그만큼 많은 시간을 보낸 것도 아니고. 또 아무리 오래된 친구라고 해도 그 사람을 다 안다고 단언할 수 없다. 시간이 그 사람의 모든 걸 다 알려주지는 않으니까. 예를 들어 부모가 그렇다. 당신들은 부모님에 대해서 얼마나 알고 있나. 여기서 내가 물어보겠다. 당신에게 진정한 친구가 있다면 그 친구에게 모든 걸 털어놓을 수 있나? 그렇게 했나? 사람은 누구에게나 말 못 할 비밀이 있다. 이 부분을 인정해야 한다. 나도 친구도 인간이니까. 부끄러움과 수치를 아는 인간이니까.

누구도 침범할 수 없는 인간의 비밀은 어느 정도 인정하고 타인을 대해야 서로가 편해진다. 친구라고 해서 모든 걸 다 알아야 할 필요는 없다. 그런 관계가 오히려 관계를 망칠 수도 있다. 우리 지켜줄 건 지켜주자. 나조차도 친구에게 내 일기장을 모두 보여줄 수 없다.

우리는 타인의 모든 걸 알 수 없다. 사람에 따라서 알려고 하지 않을 수도 있고 알 필요가 없을 수도 있다.

대신에 우리가 타인에 대해서 조금이라도 알 수 있는 방법이 있다. 여기서 나와야 할 내가 가장 좋아하는 사자성어. 역지사지다. 상대편과 나의 처지를 바꾸어 생각하라는 사자성어. 사람 생김새가 다 다르듯이 자라온 환경도, 성격도 다 다르지 않나. 내가 관심 있는 사람이거나, 일적으로 만난 사람이든, 사랑으로서 보듬어주고 싶은 사람이 있다면 상대방에 대해서 많이 관찰할 필요가 있다. 분명 나랑은 많이 다른 부분이 있을 거다. 우리는 이런 사회관계를 학창 시절부터 계속해서 훈련하며 겪어왔다. 이제 성인이 되어 조금 더 깊이 관찰해 보는 거다.

예를 들어, 어떤 사람이 눈이 부신 걸 상당히 싫어한다고 생각해 보자. 그렇다면 약속을 잡을 때 조명이 약간 어두운 곳에서 만남을 가진다든지, 추위를 많이 타는 사람이라면 내 가디건이라도 하나 챙겨 둔 다음 상대방이 추워하면 무심하게 건네주면 된다. 밥을 먹을 때 물을 많이 먹는 사람이라면 물 컵에 물이 비지 않게 채워주는 세심함 정도면 최고다. 인간 관계도 사회생활이다. 그냥 하는 말이 아니라 사회생활을 하려면 강조하지만 상대를 유심히 관찰해야한다. 기본적인 매너와 직결되어 있는 것이니까. 아무리 비즈니스적인 관계라도 상대방도 나를 평가하고 어떤 사람인지 분석하고 있을 테니까. 좋은 게 좋은 거 아니겠나. 반대로 생각해서 상대방이 나의 이런 점을 인지하고 챙겨준다고 생각해 보자. 얼마나 기분이 좋나. 나를 많이 생각해 주고 아껴주는구나 하는 생각 절로 나지 않을까. 고마워서라도 뭐 하나 더 챙겨주고 싶고 그만큼 관계도 더 좋아질 수 있도 있고. 다시 한번 말하지만 상대방의 모든 걸 알 수는 없다. 그러나 우리는 적어도 관찰을 통해서 상대방의 장점과 단점, 상대방이 좋아하는 것과 싫어하는 것쯤은 캐치할 수 있다. 이를 통해서 조금 더 깊이 알아가는 것이다. 이게 어렵다고 느껴지시나.

처음엔 나도 이런 부분이 쉽지 않았다. 내가 바쁘다 보니 오로지 나 하나만 생각하게 되었을 뿐. 그런 생활이 지속되다 보니 최근에 친구를 잃게 되었다. 성격상 한 번 끝난 인연은 붙일 수 없다고 생각하는 스타일이고 좋게 헤어진 케이스다 보니 상처로 남아있지는 않지만 인간관계라는 게 그렇더라. 너무 나만 생각해도 상대방이 서운할 수 있다는 걸 이번에 한 번 더 깨달았다. 그래서 생각했다. 역지사지를 마음속에 품고 다니자. 나 바쁘다고 상대방을 소홀히 하지 말자. 살아가면서 생각하고 챙겨야 할 것들이 참 많다고 생각 드는 요즘이다.

진정으로 나를 알아주는 사람

세상에 나랑 꼭 맞는 사람이 있을까? 있다면 그건 운명이다. 아예 없다고는 말 못 한다. 이것도 경험해 본 사람만 알 수 있을 테니까. 앞서 말했듯이 사람 생김새도 다 다르고 자라온 환경도 다 다른데 어떻게 퍼즐처럼 꼭 맞을 수 있을까. 그러기는 쉽지 않다. 그래도 나라는 사람을 자주 꺼내 보일 수 있는 사람이 있다는 게 얼마나 큰 축복인지. 왜 그런 친구 있지 않나. 야, 나와, 하면 바로 나와서 편의점 앞에서 음료 하나 놓고도 몇 시간이고 떠들 수 있는 그런. 그 사람에 대해 모든 걸 알 수는 없어도 대화를 많이 하다 보면 어느 정도는 알 수 있다. 딱 그 정도 거리가 있는 친구가 있다는 것도 행운이다. 사람이 웃긴 게 너무 가까우면 거부감이 들더라. 몇몇 분들은 어떤 건지 공감하시리라 생각한다. 언제고 만나도 어제 만난 것처럼 편하고 같이 있으면 웃음이 끊이지 않는 사람. 말이 없던 나도 그 사람과 같이 있으면 말이 많아지는 사람. 같이 있어도 부담 없는 그런 사람. 우리가 언제부터 친해졌지 하면 또 나도 모르겠어 하면서 어느새 내 곁으로 들어온 그런 사람.

눈빛만 봐도 알 수 있고 말하지 않아도 알 수 있는 그런 사람 만나본 적 있으신가. 나는 참 운이 좋게도 그런 사람이 있다. 사람을 만나는 것도 운과 타이밍이 중요하다는 걸 깨달았다. 꼭 오랜 시간을 같이 있는다고 해서 그 사람과 함께 하는 게 아니다. 몸은 같이 있는 정신은 다른 곳에 팔려 있으면 그게 같이 있는 걸까. 오랜만에 만나기로 해서 만났는데 상대방이 휴대폰만 보고 있다고 생각 해보시라. 그건 차라리 안 만나느니만 못하다.

나는 자주 만나는 게 별로 중요하다고 생각하지 않는 사람 중 하나다. 한 달에 한 번을 만나든 일 년에 한 번을 만나든 중요하지 않다. 진짜 중요한 건 그 사람이 내가 누구인지 알고 있고 나를 충분히 이해해 줄 거라는 그 믿음이다. 나 또한 상대방을 그만큼 알고 있어야 하는 건 당연하고. 바쁘면 바쁜 대로 이해해 주고 연락쯤은 언제든지 할 수 있으니까. 어려운 일이 있으면 해결해 주지는 못하더라도 들어주고 서로를 보듬어줄 수 있는 그런 사람이 편한 사람이라고 생각한다. 아까 말한 눈빛만 봐도 알 수 있고 말하지 않아도 알 수 있는 사람. 그런 사람이 여기에 해당한다. 그렇게 되면 굳이 연락하지 않아도 이제는 감으로도 그 사람이 힘든지 어떤지도 알 수 있더라. 정말이다. 내가 경험해보고 말해드리는 거다.

예민함은 나의 무기

　예민한 성격이라고 하면 대게 부정적으로 생각하게 마련이다. 예민하기만 하면 부정적인 거 맞다. 까다롭고 예민하고 눈치 보이게 만드는 그런 성격. 누가 그런 사람을 마주하고 싶겠는가. 나 같아도 그런 사람은 피한다. 내가 말하고 싶은 예민함은 따로 있다. 예민하기만 한 사람 말고 예민한 사람들 중에서 섬세한 경우다. 그런 섬세한 사람이 배려 있는 경우가 많다. 본인이 예민하기 때문에 상대방을 불편하게 만들고 싶지 않은 것이다. 자기가 겪어봐서 불편한 건 상대방을 위해 편의를 봐주기 때문이다. 상대방을 위한 배려다. 그래서 나는 예민한 사람을 편견을 가지고 보지 않는다. 나도 한 예민하기 때문에 상대방이 어떻게 나오는지 먼저 관찰한다. 그리고 부정적인 얘기만 한다거나 불평불만을 끊임없이 애기한다면 그 사람은 단지 예민하기만 한 사람이다. 그런 사람은 바로 차단. 예민하기만 한 사람은 상대방을 불편하고 기분 나쁘게 만든다. 그 부정적인 기분은 조금씩 옮는다. 같이 있을수록 마이너스이기 때문에 바로 차단시켜버린다.

그러나 본인이 예민하지만 그 예민함을 스스로 다룰 줄 알고 그걸 장점으로 연결시킨다면 오히려 본인에게 강점이 된다. 난 이런 사람이 좋다. 섬세하고 배려할 줄 아는 사람. 상대방을 관찰하며 불편한 점을 먼저 캐치할 줄 아는 사람. 그리고 그걸 파악해서 배려해 줄 줄 아는 사람. 수많은 사람을 만나봤지만 보통은 본인 일이 먼저기 때문에 그런 걸 따지지 않는다. 만남을 하면 일 얘기하는데 급급하다.

그러나 배려가 깔려있는 사람은 상대방에게 부담스럽지 않게 천천히 다가온다. 그리고 오시느라 수고하셨다고 물 한 잔 먼저 하라는 여유를 가지고 있다. 왜냐하면 본인이 그랬으니까. 물 한 잔 먼저 하고 상대방이 템포를 찾은 후에 그제야 본격적으로 일을 진행한다. 그러면 분위기도 좋아지고 얘기도 편하게 할 수 있게 된다. 상대방의 이미지도 좋아진다. 계속 같이 일해보고 싶다는 생각이 든다. 아무리 일로 엮인 사이라도 사람이 하는 일이기 때문에 감정이 들어갈 수밖에 없다. 일뿐만이 아니라 모든 인간관계에서도 섬세함과 배려가 필요한 것 같다. 가족, 친구, 연인 등과의 사이에서 기본인 것 같다. 그러면 관계도 사이도 더욱 돈독해지지 않을까. 내가 좋아하는 말 역지사지. 여기에 필요한 덕목인 것 같다.

삶이 팍팍하고 어려울 때일수록 더욱 필요한 덕목 아닐까. 현대 사회에서 여유가 없다 보니 생긴 일이 아닌가 싶다. 여유가 있는 세상이 되었으면 한다. 그러면 서로 얼굴 붉히고 큰소리 낼 일도 없을 것 같은데. 한 발자국만 뒤로 물러서서 배려해 주는 사회, 얼마나 아름다운가. 난 그런 의미에서 예민한 사람이 좋다.

이런 사람이라면 자신의 내면을 잘 돌볼 줄 아는 사람일 가능성도 크다. 본인이 예민하면 보통의 사람들보다 감정 기복이 심한 편일 수 있다. 살면서 남들이 느끼지 못하는 수많은 감정의 동요가 있었을 것이다. 처음에는 고통스러웠을 것이다. 그런 감정의 파도를 수없이 다스려 보며 터득했을 것이다. 내 마음은 어떻게 해야 다스려지는지. 물론 항상 터득한 그 방법이 항상 먹히는 건 아니겠지만 얼마나 많은 인내가 필요했을까. 내가 어떻게 아느냐고 묻는다면 내가 그렇기 때문이다. 예민하기 때문에 작은 일에도 감정이 널뛰듯 요동치는 데 어찌할지 모를 날들이 있다. 그럴 때면 가만히 내 마음을 들여다보는 수밖에 없다. 그리고 방법을 찾아 내야만 한다. 마음껏 울든, 좋아하는 음악을 듣든, 조용한 거리를 걷든 이것저것 시도를 해서 찾아내야 한다. 그 과정에서 나에 대해서 탐구하고 관찰해 보는 것이다. 나를 알아가는 시간인 것이다. 그런 인고의 시간을 거쳐야만 예민하고도 성숙한 사람이 되는 것이다. 남들이 기피하는 그런 예민한 사람이 아니라, 어디서든 사람을 편안하게 만들어주는 예민한 사람이 되는 것이다. 다시 한번 말하지만 나는 예민한 사람이 좋다.

제4장
인간이 뭐길래

인간 관계의 다양성

인간도 다양하고 인간관계도 참 다양하다. 그렇지 않나. 뉴스만 봐도 별별 사람이 다 있고, 각종 SNS만 봐도 이상한 사람들 참 많다. 내가 어디에 있느냐, 어떤 위치에 있느냐에 따라서 주로 만나는 사람들이 있을 거고 그 안에서 사람 성격도 다 다를 거다. 각기 다른 사람을 마주할 때마다 어떻게 사람을 대해야 할지 참 어렵더라. 나는 특히 내성적이고 말이 없는 사람이라 새로운 사람을 만날 때마다 몸이 굳어버리더라. 특히 빈말도 잘 못해서 헤어질 때도 언제 만나서 밥 한 번 먹자며 헤어지는 말도 못한다. 이런 사람들이 사람 상대하기 참 버겁다. 나 같은 사람 많을 거라 예상한다. 그래서 어쩌면 내가 이렇게 글로써 당신을 상대하고 있는지도 모르겠다.

성격에 따라서 다 다르겠다. 누군가는 처음 보는 사람에게 스스럼없이 대하기도 하고 또 어떤 사람은 부담스러워하기도 하고. 요즘에는 MBTI 성격 검사가 유행하던데 그걸 물어보면서 인사하고 서로를 알아가기도 하더라. 어쩌면 그게 더 나을 수도 있을 것 같다는 생각을 한다. 먼저 성격을 알고 들어가는 거니까. 나는 사람 대하는 게 너무 힘들어서 아예 아무도 안 만난 적도 있었다. 꽤 오랜 시간 동안. 그러다 보니 사회성이 떨어지더라.

언제 한 번은 집에서만 지내다가 볼 일이 있어서 번화가에 나갔다. 목이 말라 카페에 들어갔다. 키오스크에 서서 뭘 먹을지 고민하고 있는데 점원이 와서 나에게 "도와드릴까요?" 한마디 건넸을 뿐인데 순간 얼굴이 엄청 빨개지는 거다. 그래서 결국 어떻게 했냐면, 말하기 창피하지만 음료도 못 사고 나도 모르게 바로 나와버렸다. 점원은 단지 자신의 본분을 다 하며 친절을 베풀었을 뿐인데 말이다. 그때 나의 심각성을 뼈저리게 느꼈다. 이렇게 집에만 있으면 안 되겠구나 하고.

어쩌면 의식적으로 여러 사람을 많이 만나보는 것도 연습이 되는 것 같기도 하다. 일종의 면역을 기른다고 생각하면 쉬울 것 같다. 이런 사람 저런 사람 대하면서 상대방이 어떤 말을 하면 또 어떤 말로 받아칠지 연습하는 거다. 저 때부터 천천히 사회에서 여러 가지를 배우며 많은 사람을 만났던 게 많은 도움이 되었다.

그런 것도 알게 되었다. 아 나랑 안 맞는 사람은 내가 어떻게 해도 끝까지 안 맞는구나. 그런 사람은 과감히 차단해버렸다. 내가 아무리 애를 써도 안 맞는 관계를 굳이 이어나갈 필요가 있을까. 처음에는 잘 해주고 잘 보이면 나에게 마음을 열어주겠지 하다가 상처만 받았다. 계속 애쓰다 보니 그 사람이 나한테 그렇게 중요한 사람인가 하는 생각도 들고. 내가 이렇게까지 해서 얻는 게 뭘까 하는 생각이 들더라. 뭐 저런 사람이 다 있나 하면서 혼자 열받고 가슴 앓이를 하기도 했다. 날 알아주지 않고 해가 되는 사람은 과감히 버리시라. 당신 마음이 약해서 그렇게 못 한 대도 어쩔 수 없다. 사람한테 한 번 더 데여보시라. 그땐 느낄 것이다. 다 필요 없고 내 곁에는 날 알아주는 사람을 두는 게 최고라고. 그게 단 한 명일지라도.

나에게 괜찮아는 가나다였다

뭐 어찌 되었든 사회생활은 하고 살아야 하니 사람이랑 엮일 수밖에 없다. 나도 여러 곳에서 일하면서 알게 된 사람들이 많았다. 아는 지인이 많은 만큼 친구도 많을까. 성격 차이겠지만 절대 아니다. 나도 이제까지 사회생활하면서 거쳐간 사람들 많지만 친구가 한 명뿐이다. 내 마음에 있는 수많은 방에 있는 벽들이 단단해서 그런지 철벽을 하도 치고 다녀서 그런 것 같기도 하다. 사람 만남에 있어서 신중 한 편이기도 하고. 내가 이렇게 된 데에는 이유가 있다. 대학 시절, 수많은 동기들과 선후배들이 있었다. 동아리에 들어가서 활동하며 시간이 어떻게 가는지도 모르게 참 재밌게 지냈던 시절이었다. 아마도 내 주변에 아는 사람이 가장 많았던 시절이었다. 난 참 순진하게도 그 사람들이 계속 곁에 있을 거라 믿었다.

그런데 그건 나의 오산이었다. 다들 자기 진로를 찾아 어학연수를 가기도 하고 자기 살 길을 찾기 바빴다. 그 사이 나는 점점 혼자가 되어버렸다. 난 뭘 해야 할지 몰라서 멍하니 있었는데 눈 떠보니 혼자가 되어 있었다. 그때 도서관에 콕 박혀 책만 읽으며 지냈던 기억이 있다. 다들 바쁘고 타국에 있으니 갑자기 외톨이가 된 기분을 도저히 적응하기 힘들었다. 그 때 책이 많은 위로가 되어주었다. 영원할 것 같던 사람들이 하나둘씩 취업을 하며 떠나고 이제는 볼 시간마저 없어져 버렸으니 정말 이제는 버려진 기분이 들었다. 난 취업을 늦게 한 편이기 때문에 먼저 취업한 친구들에게 고민을 토로해 보기도 했지만 그들은 괜찮아 다 잘 될 거야 라는 상투적인 말만 되풀이할 뿐 다른 말은 하지 않았다. 결국은 자기가 하고 싶은 말만 할 뿐이었다. 내가 알아들 수 없는 회사 이야기뿐, 친구들의 괜찮아라는 말은 귀에 들어오지도 않았다.

그 무렵 때부터였을까. 나는 대학과 관련된 사람들과의 연락을 모두 끊어버렸다. 이제 그들 하는 어떤 위로의 말을 더는 들을 필요가 없었다고 판단했다. 더 이상 와닿지가 않았기 때문이었다. 그들이 말하는 괜찮아는 나에겐 가나다였다. 괜찮아하고 말하는 감정은 내게서는 느낄 수 없었다. 단지 수많은 글자 중 하나처럼 들렸을 뿐이었다. 그렇다. 나에게 괜찮아는 가나다였다.

그러다 운이 좋게도 좋은 사람을 만나고 대화가 통하는 사람을 만나니 숨통이 트이는 기분이 들었다. 마치 나의 외계어를 모두 이해하고 들어주는 것만 같은 기분이 들었다. 어떤 부분에선 닮은 점이 많이 있고 말하지 않아도 이해되는 부분도 많았다. 나는 이런 게 진짜 인연이라는 걸 깨닫게 되었다. 그리고 나서는 이제 아무나 만나지 않기로 다짐했다. 아무에게나 마음을 열지 않기로 했다. 나에게 필요한 건 겉으로만 그런 척을 하는 사람이 아닌 진정으로 나를 꺼내 보일 수 있고 그런 나를 알아주는 사람이었다. 그런 사람만을 만나기로 한 것이다.

부탁인데 피해만 주고 살지 말자

고백해야겠다. 나는 써야 풀리는 사람이니까. 아빠가 돌아가신지 어언
오 년이 되어간다. 시간 참 빠르다. 돌아가시고 나서 한참이나 여기저기
서 날라오는 우편물에 당황했던 기억도, 법원에서 소장까지 날라오는 기
억도 있었는데. 그때마다 주변 도움을 많이 받기도 하고 가슴 앓이를 참
많이도 했다.

아빠와 나는 엄마와의 이혼 후 떨어져 지냈다. 그게 내가 대학교 1학년
때였다. 그러면서 점점 멀어지고 연락도 점점 안 하게 되었다. 이제 와 생
각해 보면 서로 싫어서가 아니라 볼 면목이 없었던 것 같다. 아빠는 가장
의 노릇을 다 하지 못했고 나는 용기를 내지 못 했으므로 자연스럽게 멀
어지면서 생활하게 되었다. 그리고 제가 스무 살 후반이 되었을 무렵 아
빠의 병가 소식을 듣고 한달음에 달려갔던 기억이 난다. 그때는 이미 손
쓸 수 없던 상황이었다. 그때는 내 마음도 많이 무너져 있던 상황이라 누

구를 돌볼 여유도 없었다. 핑계처럼 들리겠지만 이미 내 자신조차 망가져 있었기에 아빠가 아프다고 해서 내가 돌봐줄 상황이 되지 않았다. 아빠는 마지막에 자식들 한 번 보고 싶어서 용기 내 불렀던 것 같은데 그게 마지막이 되었다. 친척간의 불화가 겹쳐 이러저러한 사정으로 뼈만 앙상하게 남은 아빠를 몇 번 보고서야 마지막으로 본 건 장례식장에서였으니까.

참 순진했던 나는 그게 끝인 줄 알았으나 각종 독촉장이 날라오고 법적으로 처리할 문제가 생기기 시작하니 머리가 아프기 시작했다. 다행히 어찌어찌 도움을 받아 마무리를 했지만 가끔씩 법원에서 등기가 오면 심장이 쿵 하고 떨어진다. 이제 법원 하면 내가 모르는 아빠의 잔여물이 있나 싶어서.

이번에도 그랬다. 아빠가 돌아가신 후 지극히 병간호를 했던 큰아빠가 마지막 소원이라며 의료 소송을 제기했지만 결국 승소하지 못했다. 어쩌면 예견된 일이었다. 우리 같은 평범한 소시민이 대형 병원을 상대로 이길 확률은 제로에 가까웠으니까. 그래도 큰아빠의 한을 푼 것에 의의를 두기로 했다. 대신 대가를 치러야 했다.

소송에서 졌으니 변호사비와 각종 비용을 청구하라는 것. 거의 칠백 가까이 되는 돈이었다. 서민에게 칠백이면 세 달 아니 네 달을 안 쓰고 모아야 겨우 갚을 돈이었다. 나는 큰아빠를 대리 위임해서 큰아빠에게 모든 일을 진행하도록 맡겼지만 법적으로 책임을 져야 하는 건 나였다.

그러나 큰아빠는 자기가 먼저 건 싸움이니 자신이 책임지겠다며 병원

측에 각서를 썼고 자신이 모든 소송 비용을 지불하겠다는 서약서에 지장을 찍으며 종지부를 지었다. 참 질기고 긴 싸움이었다. 거의 한 해 동안의 싸움이었나. 소송에서 이길 거란 생각은 하지는 않았다. 하지만 씁쓸한 건 어쩔 수 없나 보다.

아빠에게 보내고 싶은 편지가 있다면, 아빠. 저는 아빠가 싫지도 좋지도 않아요. 그냥, 그냥 하늘에서 잘 좀 살았으면 해요. 이승에서 잘 좀 살지 왜 그렇게 살다 갔는지 착해빠지기만 한 아빠의 그런 면은 좀 밉긴 하지만 그래도 그곳에서는 편안하게 지냈으면 해요. 그리고 더 이상의 잔여물은 없으면 해요. 뭐가 더 있는 건 아닌지 어딘가 모르게 마음이 불편하긴 하네요. 제가 없는 동안 아빠가 어떻게 지냈는지, 뭘 하고 다녔는지 전혀 모르니까요. 가끔 아빠가 생각나면 하늘을 바라보고 그래요. "우리 그냥 피해만 주지 말고 살자. 나는 이승에서 아빠는 저 위에서. 부탁할게."

인간관계에서 서로 피해 안 주고 살면 얼마나 좋나. 개인적인 영역을 침범하지 않고 선을 넘지 않는 선에서 서로를 배려해 주고 이해해 주며 사는 세상. 얼마나 평화롭고 좋나. 그런데 세상을 살다 보면 별 사람이 다 있고 별일이 다 생기는 거. 나한테는 이런 일이 없을 줄 알았다. 그런데 드라마가 괜히 현실을 본 따 만들었다는 얘기가 과장이 아닌 것 같다. 드라마보다 더 한 일들이 지금도 어디선가 벌어지고 있지 않을까. 좋은 일만 있어도 모자란 인생인데 말이다. 어떨 때 보면 세상은 가끔씩 가혹한 것 같다. 누구에게나.

선은 넘고 살지 말자 정말

난 참 말이 없는 성격이다. 이건 성격적인 것도 있지만 말실수할까 봐. 말은 한 번 뱉으면 주워 담을 수 없다는 걸 알기에. 그리고 나 또한 여러 말실수를 하며 살아왔고 그 과정에서 사랑하는 사람에게 상처 준 적도 있어서 말 한마디에 신중해진다. 특히 커가면서 더 그런 것 같다. 이 나이쯤 되면 각자의 사회적 위치도 있고 해야 할 말, 하지 않아야 될 말을 가릴 수 있어야 한다고 생각한다. 그러나 분위기에 휩쓸리다 보면 이말 저말 하게 되고 나도 모르게 선을 넘을 때가 종종 있다. 그럴 때면 이제 집에 와서 잘 때쯤 이불을 뻥뻥 차는 거다. 그때 내가 왜 이 말을 했을까. 그 타이밍에 그런 말을 했으면 안 되는 거였는데. 이건 분명 내 말실수다 하면서 잠을 이루지 못한다. 이 때문에 특히 처음 보는 사람과 대화를 나눌 때는 생각을 거쳐 말해야 하므로 한 템포 느리게 말하는 습관이 생겼다.

머리에서 먼저 필터를 거쳐 대화를 나눠야 하기 때문이다. 나도 사람인지라 다시 실수를 할 수도 있으므로 같은 실수를 범하고 싶지 않기 때문이다. 이런 습관을 들여서 그런지 말 수는 적어질지언정 말실수하는 일은 줄어들었다. 습관화하고 있다.

그런데 가끔씩 생각 없이 말하는 사람들이 있다. 특히 대화 주제에 벗어나는 말을 하는 사람을 끔찍이 싫어한다. 일적으로 만난 사이인데 사적인 것들을 물어보는 사람들을 제일 싫어한다. 일을 하러 왔으면 일에 좀 집중하고 일 얘기만 해야 하지 않나. "키가 크시네요." 같은 외적 평가는 물론이거니와 남자친구는 있는지, 쉬는 날 뭘 하는지 이런 얘기는 소개팅에서나 할 법한 얘기 아닌가. 일할 땐 일에 집중하고 싶다. 개인주의 사회에서 사적인 얘기 제발 금지. 시간 아깝다. 시간 내서 장소까지 정해서 만나 일하러 왔는데 그런 얘기 물어보면 기운 빠진다. 그럴 때는 단호하게 그런 얘기는 하지 말자고 말한다. 당신의 사적인 부분 나는 하나도 안 궁금하니까 일 얘기만 하자 하고 얼른 떠난다. 내가 가장 단호해지는 순간이다. 시간 버리는 짓은 정말로, 끔찍이도 싫다. 일적으로 만났으면 일 얘기만 하자고요. 아시겠어요?

또 예를 들어 친구의 어머니를 만났거나 지인의 지인을 만나게 되면 또 애매해진다. 이럴 땐 상대방이 꼭 내 칭찬부터 먼저 꺼낸다. 아이고 인물이 훤칠하네, 고상하네, 아가씨가 다 되었네서부터 지금이 몇 살이지 결혼할 때 아닌가, 국수는 언제 먹여줄 거야, 지금은 무슨 일 하고 있는 거야, 돈벌이는 좀 되니, 얼마나 모아났니, 부모님은 어떻게 계시니, 아프신데는 없니, 요즘 통 소식이 없더라 등 제발 좀 그만! 머리통이 깨질 것 같은데 뭐라 할 수도 없는 노릇이다. 다들 이럴 때 어떻게 웃어넘기는지 궁금하다. 나의 경우 웃으면서 애매하게 벌 만큼 벌어요, 어머니 잘 계시죠, 누가 있어야 결혼하죠, 하하 하며 넘어가긴 한다. 잠깐 스치는 사이에도 질문이 열 개는 넘어가는 그 상황이 난처하고 기분이 썩 좋지많은 않다.

왜 이렇게 다들 남의 사생활에 관심이 많을까 의문이 든다. 성격 탓일 수도 있는데 나는 남의 사생활이 하나도 궁금하지 않다. 부모님이 잘 지내시는지, 어떤 일을 하는지, 밥 벌이는 잘 해먹고 사는지 이런 거 하나도 궁금하지 않다. 그걸 왜 궁금해해야 하지. 나 살기 바빠 죽겠는데. 그냥 자기나 잘 살면 되는 거 아닌가. 그렇게 걱정되면 평소에 잘 해주던가, 돈이라도 쥐여 줄 것이지 오랜만에 만나서는 왜들 그렇게 분위기에 초를 치는지 모를 일이다. 난 내 코도 석자라 바빠 죽겠는데 다른 사람들은 남들 신경 쓸 여유까지 있는 것인가 생각해 보기도 했다. 정말 나에게 최선을 다해도 모자를 하루 아닌가. 나만 그렇게 생각하는 건가. 우리 엄마도 그랬다. 우리 가족은 각자 잘 살면 되는 거라고. 그게 도와주는 거라고. 나도 동감한다. 가족이라고 해서 꼭 도울 필요도 없다. 도와주고 싶은 마음이 진심이면 그때 도와주고 안부 물어도 늦이 않을 일이다. 각자 도생. 각자 잘 살면 될 일이다. 오지라퍼들, 남 일에 제발 신경 좀 끄시길 바란다. 안 그래도 피곤한데 더 피곤하다. 부탁이다.

버스에서 안전 벨트를 매는 이유

한 번은 버스를 타고 일 가는 중이었다. 나는 안 쪽에 타고 창밖을 보던 중 옆에 어떤 사람이 자리에 앉았다. 그러고는 앉자마자 안전벨트를 매는 것이다. 택시에서는 몰라도 버스에서 안전벨트를 매는 사람은 처음 봤다. 그러나 결코 이상하게 생각하게 생각하지 않았다. 무슨 사연이 있겠거니 생각했다.

나의 경우 동생이 중학생 때 택시를 타고 가다 교통사고를 당했다. 당시 전화를 받고 너무 놀라 한달음에 달려갔던 기억이 있다. 택시와 상대 자동차는 두 바퀴를 돌았고 범퍼는 부서져 있었다. 경찰과 렉카차는 이미 와 있는 상태였다. 동생은 머리를 잡으며 코피를 흘리고 있었다. 그때 구급차를 처음 타봤다. 다행히 동생은 크게 다치지 않아서 그런지 구급

차를 처음 타본다며 신기해하길래 정신 차리라고 한 소리 한 기억이 있다. 나는 그때 동생 걱정뿐이었으니까. 그 이후로 나도 택시를 탈 때마다 안전벨트를 꼭 매고 탄다. 실제로 난폭 운전하는 택시 운전기사도 꽤 있기 때문에 반드시 안전벨트를 꼭 맨다. 안전벨트는 나를 지키는 생명줄이다.

그래서 고속버스에서는 항상 기사가 승객의 안전을 위해 안전벨트를 매라고 안내하지 않는가. 고속버스에서는 안전벨트를 매면서, 일반 버스나 택시에서 안전벨트를 안 매는 건 자기 손해다. 요즘 택시에서도 뒷자석에 착석할 시 안전벨트를 꼭 하라고 안내 멘트가 나오지 않는가.

나는 버스에서 안전벨트를 맨 사람 덕분에 일반 버스에도 안전벨트가 있는지 알았다. 평소에는 유심히 보지 못했던 것이었으니까. 그래서 한번은 나도 일반 버스를 타면서 안전벨트를 매려고 벨트를 찾은 적이 있었는데 못 찾아서 결국 못 맸다. 다음에 탈 때는 다시 찾아봐야겠다. 항상 생각한다. 어떤 사람이 어떤 행동을 하는 데에는 다 이유가 있는 거라고. 함부로 이상하다고 판단하지 않는다. 생각지 못한 행동을 한다면 그 사람이 왜 저 행동을 하는지 골몰히 생각해 본다. 그리고 이유를 알아내지 못하더라도 이유가 있겠거니 한다. 그 사람에게 어떤 트라우마가 있을지 어떻게 알겠나. 그래서 함부로 상대방을 재단하고 판단하지 않기로 했다.

감정 소모하고 싶지 않지만

감정 소모는 노동에 가깝다. 특히 일하다 보면 웃고 싶지 않아도 웃어야 할 때도 있고. 남의 비위 맞춰주느라고 가식적인 모습을 보여야 할 때도 있지 않나. 한번은 너무 힘들어서 내가 로봇이 되었으면 하는 생각도 해봤다. 가면을 쓰고 싶을 때도 있었다. 특히 인상 좋은 웃고 있는 가면. 사회생활하면서 가면 안 쓸 수 없지 않나. 우리 다 여러 가지의 가면을 쓰고 살지 않나. 회사에서는 힘들어도 네네 하고 입꼬리 올리면서 일하고 집에 와서는 상사 욕 엄청 하지 않나. 누구 앞에서는 또 체면 차리고, 누구 앞에서는 나사 빠진 애 마냥 편하게 풀어져있고 그렇지 않나. 안 그런 사람 없다는 거 다 안다. 아니라고 하면 그건 거짓말이다.

그런데 이건 어쩔 수 없는 것 같다. 모든 사람을 엄마 대하듯이 똑같이 대할 수는 없듯이. 엄마 앞에서 나는 자식이고, 친구 앞에서는 나는 그의 친구고, 연인 앞에서는 나도 연인인데 다 다를 수밖에 없다. 그러나 확실한 건 누구 앞에서건 나의 감정이 편하게 표출되지 않고 노동이 되는 순간 그 사람이랑은 불편한 사이가 될 거란 건 분명하다. 그걸 감정 노동이라고 한다. 내 감정을 편하게 표현할 수 있으면 감정 표현이라고 하지 뭐하러 노동이란 말을 붙이겠나.

바로 이 감정 노동 때문에 내가 나에게 필요 없는 사람을 과감히 차단시킨 이유기도 하다. 하루 종일 일하는 것도 피곤해 죽겠는데 나에게 그리 중요하지 않은 사람에게 감정 노동으로 시달린다 생각해 보시라. 좀 쉬고 싶은데 얼마나 힘들까. 일 끝나고 집에 오면 씻어야 하지, 청소해야 하지, 밀린 일 처리해야 하지, 이 와중에 쓸데없는 사람에게 연락은 오지. 하루 어떻게 버티겠나. 한 번은 그냥 날 좀 내버려 둬, 하고 소리치고 싶었던 적도 있었으니. 이러다가 나 퇴사하고 어디 멀리 떠나 버릴 거야 하며 아주 귀에 피가 나도록 얘기하고 다닌 적도 있었다. 결국 그렇게 하지는 못했지만.

삶을 살면서 어느 정도의 감정 노동은 필요하긴 하다. 그치만 나처럼 감정이라도 노동을 줄일 수 있으면 줄여보시라. 삶이 한결 가벼워지고 편해진다. 괜한 사람한테 미련 갖지도 마시라. 무언가를 바라며 인연의 끈을 붙잡고 있지도 마시라. 옷장에 몇 년씩 안 입는 옷 버리는 것처럼 인간관계도 한 번씩은 정리할 필요도 있더라. 당장 휴대폰 켜시고 안 입는 옷 즉, 연락 안 하는 사람 지워 버리시라. 눈에 띄어봤자 쓸데없는 생각만 든다. 안 그래도 노동으로 고달픈 삶, 내 온전한 감정까지 노동으로 만들 수는 없지 않나.

별것도 아닌 나에게 자격지심을

누구나 내 안에 열등감이 존재하고 있을 것이다. 열등감이라는 존재는 영악하기도 하고 그렇지 않기도 해서 사람을 괴롭게 만들 거나 혹은 성장하게 만들기도 한다. 나한테도 열등감이 있다. 열등감을 잘 쓰면 나에게 이로울 수 있다. 하지만 처음부터 이렇게 깨닫기란 쉽지는 않다. 열등감이 영악한 존재라고 표현한 이유는 첫째, 나 자신을 싫어하게 만든다. 둘째, 자신감을 잃게 만든다. 셋째, 그걸 넘어 남을 싫어하게 만든다. 세 번째까지 온 거면 이제 열등감을 넘어 마음 안에서 자격지심을 만든다. 사람이 비뚤어지는 것이다.

내가 어떤 걸 너무 잘 해내고 싶고 이루고 싶은 게 있는데 그렇지 못한 환경이거나 아무리 해도 운이 따라주지 않을 때는 내 스스로가 싫어질 수 있다. 스스로에게 실망할 수도 있고 세상을 탓할 수도 있다. 처음엔 조금이라도 남아있던 자신감이 이제는 바닥이 되어버려 더 이상 뭔가를 할 수 없는 힘이 없어질 수도 있다. 그럴 땐 방법이 있다. 환경을 바꾸거나 이제까지와는 다른 방법으로 더 노력하는 수밖에. 환경을 바꿔버리고 똑똑하고 현명하게 노력하면 된다.

그러나 그러지도 않으면서 꼭 남과 비교만 하는 사람들이 있다. 이런 부류가 위험하다. 자신을 망치게 되는 것이다. 자격지심이란 애는 열등감의 진화형이라고 할 수 있다. 열등감을 자신에게 이로운 쪽으로 잘 구슬리면 나를 더 빛나는 사람으로 발전시킬 수 있다. 그런데 자격지심은 내가 아니라 남을 향해 공격을 한다.

한번은 이런 일이 있었다. 내가 책을 쓰게 되었다 하니 축하해 주는 사람은 평소에 내가 글쓰기를 즐겨 한다는 걸 알고 있던 사람이거나 진심으로 나를 위해주는 사람들이다. 죽이 되든 밥이 되든 한 번 해보라며 오히려 용기를 주기도 했다.

이와 다른 반응을 보이는 사람도 있었다. 네가 무슨 책을 내냐는 둥, 쓸 얘기는 있냐는 둥. 아니면 나와 같은 길을 가려는 사람은 뒤에 가서 내 흉을 보기도 했다. 쟤도 책을 쓰는데 왜 나는 못 쓰냐, 책 쓰는 거 쉽다, 나도 당장 써야겠다, 쟤는 평소에 어쩌고저쩌고. 아이고 한심하다. 그렇게 말하는 사람치고 바로 실행하는 사람 한 사람도 못 봤다. 그냥 말이라도 축하한다고 해주면 덧나나. 주변에 초를 치는 사람이 꼭 한 명 있다. 그리고

서 SNS에 글을 올린다. 누구는 출간 제의를 받았는데 나는 왜 못 받을까. 운이라는 게 나에게도 있을까. 나도 열심히 해야겠다. 뭐 이런 식이다. 그런데 다 안다. 저런 사람은 평생 책 못 낸다.

마음에 남을 향한 미움이 있는 사람은 에너지를 그쪽으로 쏟는다. 피곤하지도 않나. 그 시간에 책 한 줄이라도 더 읽고, 한 줄이라도 더 쓰면 그게 더 생산적인 게 아닌가 싶다. 자격지심은 사람에게 나쁜 마음을 뿌리내린다. 거기에 넘어가면 안 된다. 그때부터 망한다. 나도 겪어 보고 하는 말이다. 나라고 열등감 없고 자격지심이 없었겠는가. 아무리 봐도 내가 더 나은 것 같은데 왜 나는 안 되는지는 원인 파악부터 할 필요가 있다. 일단 전제가 틀렸다. 아무리 봐도 내가 더 낫다는 건 당신 생각이고, 나를 좋아해 주는 사람도, 타인을 좋아해 주는 사람도 많다.

음악만 해도 그렇다. 가수들 중에 같은 음악을 해도 발라드를 잘 하는 사람도 있고, 댄스 장르를 잘 소화해 내는 사람도 있다. 취향이 이렇게 다른데 어떻게 발라드만 부르던 가수가 갑자기 댄스 장르가 좋다고 하며, 댄스 장르만 부르던 사람이 한순간에 발라드를 좋아할 수 있겠는가. 나를 좋아해 주는 사람이 있다는 걸 꼭 알아야 한다. 내 개성대로 밀고 나가면 된다. 발라드 노래만 부르는 사람은 발라드를 좋아하고 사랑하니까 계속 발라드만 부르는 거겠지. 그래서 발라드를 부르다 보니 경력이 쌓여 발라드의 황제가 될 수도 있겠지. 댄스 가수도 마찬가지다. 나는 리듬이 있고 신나는 음악이 좋아서 댄스 가수가 되기를 택했고 그래서 댄스 장르에 올인을 한다. 그렇게 댄스라는 외길만 파다 보니 댄스계의 디바가 될 수도 있겠지. 그걸 보고 발라드를 좋아하는 대중은 그들을 사랑하고, 댄스를 좋아하는 대중은 또 그들을 사랑한다.

왜 하나만 보고 둘을 못 보는가. 왜 나를 좋아해 줄 사람을 생각 못 하고 남만 부러워하는가. 멀리서 입맛만 다시고 있는 강아지처럼 굴 것인가, 아니면 주인에게 예쁨 받는 강아지가 될 것인가는 자기가 만드는 것이다. 이런 것만 봐도 어딜 가나 나를 시기 질투하는 사람은 있을 것이다. 왜 그런 말이 있지 않은가. 열 명 중 여덟 명은 나에게 관심이 없고 한 명은 나를 좋아하고 한 명은 나를 싫어한다. 책을 쓰는 사람도 분명 장르가 있을 텐데 독자가 어떤 장르의 책을 좋아하면 좋아하는 작가만 관심을 보이겠지. 심지어 그 작가가 누구인지도 모르는 사람도 많을 것이다. 꼭 뭔가가 된다고 해서 모두가 나를 좋아하는 게 아니란 걸 명심해야 한다. 자격지심과 시기 질투는 사람을 한 치 앞도 못 보게 한다. 이렇게 생각하면 남을 시기 질투할 필요도 없지 않은가. 그러니 시기 질투하는 사람 이제 신경 안 써도 된다. 왜 쓸데없는 곳에 감정을 소모하는가. 안 그래도 피곤한 세상 피곤하게 사지 말자.

제5장
아직도 어려운 사랑

다양한 사랑의 형태

사랑하면 대표적으로 가족, 연인이 생각난다. 친구, 반려동물이 될 수도 있고. 큰 틀에서 사랑은 다 비슷한 것 같지만 자세히 보면 다 다른 방식으로 사랑을 하고 있는 것 같다. 이를 알 수 있는 대표적인 예가 바로 연인 간의 사랑싸움이다. 친구가 연인과 싸웠다고 가정하고 그 친구가 저에게 고민을 토로한다고 해보자. 그 친구 말만 들으면 그 친구는 아무 잘못이 없는 것 같다. 그런데 또 상대방의 얘기를 들으면 다르단 말이지. 혹은 그 친구가 고민 토로를 했는데 내 기준에서는 그 친구의 잘못이 맞다고 생각할 수도 있고. 사랑의 방식이 다 다른데 어떻게 잘잘못을 따져줄 수 있겠나. 그 문제는 그들끼리 해결하는 게 맞는 것이지.

연인뿐만 아니라 가족도 그렇다. 화목하고 평범한 환경에서 자랐다면 문제없이 가정의 형태를 잘 유지하면서 살아갈 확률이 높겠다. 가족도 내가 태어나고 보니 부모가 있고 그 부모를 따르며 보호받으며 자란다. 가족은 사랑을 주고 받는 울타리 같은 존재인데 또 다 그렇지가 않다. 알고 보면 콩가루 집안이 얼마나 많나. 다들 말을 안 할 뿐이지 생각보다 멀쩡한 가족이 별로 없더라. 이것도 사랑이라고 부를 수 있을까. 처음엔 사랑으로 시작했다가 애증으로 변하는 게 아닐까.

친구의 경우도 그렇다. 절친이라고 부르는 제일 친한 친구, 고등학교 친구, 그냥저냥 만남만 유지하는 친구, 사회에서 만나는 친구 등 친구의 종류도 많지 않나. 사실은 진짜 친구는 따로 있는데 대인 관계 유지를 위해서 만나는 게 허다하지 않나. 나의 경우 그런 게 다 싫어서 날 존중해 주지 않는 친구, 배려해 주지 않는 친구는 다 차단해버렸다. 인간관계도 한 번씩 정리해 줄 필요가 있다. 그래야 내가 편해지니까. 그래서 정말 편하냐고? 정말 편하다. 신경 쓸 게 없어서 너무 좋다.

당신에게 사랑은 무엇인가. 난 사랑을 아직도 정확히 정의하지 못하겠다. 사랑을 사랑이라는 단어 하나로 표현하기에는 너무나 부족하다는 건 잘 알겠다. 사랑의 정의는 개인마다 다르고 경험마다 다르다. 나에게 사랑을 느낀 순간은 같은 말을 동시에 할 때, 그리고 그 사람을 생각하면 가슴이 따뜻해지면서 눈물이 고일 때였다. 그런 경험은 난생처음이었기 때문이다. 아무 말도 없이 정적만 흐르다 사랑해라고 동시해 말해본 적이 있는가. 그 사람만 생각하면 가슴이 따뜻해지는 경험을 해본 적이 있는가. 눈시울이 붉어져 금방이라도 눈물이 흘러본 적이 있는가. 나의 허물을 무조건적으로 감싸주는 사람을 만나봤는가. 나는 있다. 나는 그때 이게 사랑이란 걸 느꼈다.

아마도 각자가 경험한 사랑의 형태가 있을 것이다. 그건 내가 경험해보지 못한 또 다른 세계겠지. 진짜 사랑을 경험한 적이 있다면 같이 대화라도 해서 나눠보고 싶다. 이런 형태의 사랑이 있을 수 있구나, 그럴 수도 있구나 하며 나란히 고개를 끄덕이고 싶다.

사랑에도 우선순위가 있다. 가족, 연인, 친구, 반려동물 중 우선순위가 있을 수 있고. 가족 안에서도 우선순위가 있을 수 있다. 이건 사람마다 다 다르겠다. 나는 나에게 우선순위에 없는 인연들은 모두 차단했다. 진짜 인연만을 곁에 두고 싶어서. 누구는 반려동물이 가족보다 제일이라고 하는 사람이 있을 수 있다. 정답은 없다. 나에게 최고면 그게 제일인 거다. 나의 우선순위가 뭐냐고 묻는 분이 있으시다면 그건 노코멘트하겠다. 당신은 어떠신가. 당신은 우선순위가 있나? 아니면 모두를 사랑하는 편인가?

이렇게 아픈 사랑, 왜 해야 할까요

　사랑하면 행복하기만 할까. 행복하기만 하면 싸우지도 않지. 어떤 형태의 사랑이든 한 번쯤은 다 해보셨으리라 생각한다. 사랑은 사랑한 만큼 참 힘든 거라고 생각한다. 너무 사랑했는데 사랑하는 사람을 잃었을 때의 상실감, 누군가 너무나 필요한데 아무도 없을 때의 외로움, 사랑을 하고 있음에도 채워지기는커녕 가슴이 뻥 뚫린 것 같은 공허함. 사랑이 아픈 줄 알면서도 우리는 왜 또 사랑을 해야만 할까. 사람은 나약한 존재이기 때문이다. 사람은 꼭 그렇게 태어났다. 갓난 아이가 혼자서는 살 수 없는 것처럼 우리는 몸만 컸지 곁에 누군가가 꼭 필요한 존재다. 외로움에게 잡아먹히는 순간 고통이 시작되니까.

　나에게도 그런 시련이 있었다. 곁에 아무도 없을 때 방에서 겨우 나와 거실에 앉아 있는데 창가에 풍경이 보이더라. 그때의 심정은 그냥 창가를 바라봤을 뿐인데 햇볕도 싫고 창창한 하늘도 싫고 나무의 푸르름도 싫었다. 그래서 커튼을 닫아버리고 엉엉 울었다. 밖은 저렇게 푸르른데 왜 나는 이러고 있어야 하는 거냐면서 말이다. 이때 외로움이 가장 컸었다. 옆에 누구라도 있었으면 좋겠다고 생각했다. 그때는 가족도 친구도 소용이 없었다. 어떤 말을 해도 들리지도 않고, 어떤 호의도 고맙지가 않더라. 내 마음에 문을 열어 줄 사람이 없었던 것이다. 그렇게 긴 긴 외로움과의 싸움이 시작되고 운이 좋게도 나와 꼭 맞는 사람을 만나게 되었다고 말했다. 그러고 나니 마음이 한결 편해지더라. 난 정말 외로움과 징하게도 싸웠구나. 길을 가면서 울기도 했었는데 그때가 생각나면서 마음이 찡해지기도 하고. 사람은 사람이 살린다고 하지 않았나. 그 표현이 딱 맞는 것 같다는 생각도 들었다. 어떤 구원자를 만난 기분이었다.

외로움이 찾아오면 외로움을 이겨내기 위한 각자 나름의 방법이 있는 것 같다. 내 친구는 직장을 다니면서 틈틈이 취미 생활을 한다. 주말만 되면 베이킹 클래스를 들으러 다니든지, 공부를 위한 자격증을 따면서 시간을 보내더라. 나는 그때 아무것도 안 하고 엉엉 울고만 있었지 그렇게 움직일 생각을 전혀 못 했는데. 그래서 저 친구 참 대단하다고 생각했다. 사람에 따라 다르겠지만 나는 슬픔이 찾아오면 오는 대로 받아들이는 편이고, 그 친구는 이겨내는 성격이라 그랬던 것 같다.

당신은 어떠신가. 외로움이 찾아오면 어떻게 대처하시나. 외로움을 이겨내다 보면 나처럼 또 다른 인연이 찾아오겠지 않겠나. 사랑을 하고 있는데도 불고하고 헛헛하고 가슴이 뻥 뚫린 느낌임 든다면 그게 진정한 사랑이 맞는지 다시 한번 생각해 보는 것도 필요하겠다. 그냥 지나가는 바람인지 아니면 단순한 사랑놀이였는지 말이다.

한때는 세상이 자꾸만 슬프게 보이는 때가 있었다. 나는 이게 병인 줄 알았다. 내가 사랑하는 가족, 친구들, 아끼는 사람들의 아픈 구석들만 보였던 것이다. 자꾸 내 앞에서는 밝은 척만 하는 것 같고 진짜 힘든 일는 숨기는 것 같은 그런 기분이 계속 들었다. 누구나 말 못할 사정이 있으니까 그런 건 혹시나 듣는 내가 부담이 되지 않을까 싶어 얘기를 안 하지 않았나 싶었다. 그 사람의 모든 걸 챙겨줄 수는 없는 노릇이지만 그래도 힘이라도 되어주고 싶었다. 그 사람만이 가지고 있는 특유의 예쁨, 싱그러움, 유쾌함, 밝음, 당당함이 있는데 그것들과 함께 하고 싶은데 자꾸만 인생이 그들을 짓누르는 것 같이 느껴질 때, 안아주고 싶었다. 그러나 우리가 부모님에게 사랑해요 한마디 쉽게 못 하는 것처럼 나 또한 그런 용기가 나지 않았다. 그러면 어떤 식으로 그들에게 도움이 될 수 있을까를 몇 날 며칠을 생각했었다. 나의 사랑하는 사람들이 지치지 않았으면 좋겠다는 생각이 들 때 쯤 이런 생각이 들었다. 아, 내가 강해져야겠다.

사랑이 뭘까 묻는다면 나는 아직도 잘 모르겠다. 하지만 그건 알겠다. 사랑을 하면 할수록 느끼는 건데 사랑을 하려면 강해져야 한다고. 나를 지킬 수 있는 힘이 있어야 사랑하는 사람을 지킬 수 있다고. 아주 뭐라도 해주고 싶어서 죽겠을 정도로, 나의 모든 걸 버릴 수 있을 정도의 각오가 있을 정도로 내가 가진 사랑의 힘은 그만큼 강해야 한다고.

끝이 없는 사랑이 있다면

우리 이쯤에서 터놓고 한번 얘기해 보자. 영원한 사랑이 있다고 믿나. 나는 있다고 믿고 싶다. 있을 거라고 생각하긴 한다. 내가 이렇게 얘기하면 분명 웃는 분들 있을 거다. 순진하긴, 영원한 건 없어. 단호하게 말하는 사람들 있을 거다. 맞다. 내 입으로 말하긴 그렇지만 나 아직 순수하다. 운명도 믿는다. 이런 운명은 아무에게나 쉽게 오지 않겠지만. 아까 말했지 않나. 이 세상에는 지금도 수많은 일들이 일어나고 있고, 겪어보기 전까지는 모른다고. 나는 이 운명론을 신앙 믿듯이 믿는다. 그리고 그런 일이 나에게 일어나길 바란다. 그리고 "당신의 운명은 정말로 있습니다." 하며 쩌렁쩌렁 말하고 다니고 싶다.

영원한 사랑이 있다면 좋지 않을까. 평생 한 사람을 사랑하는 그런 영원한 사랑. 너무 허무맹랑한 영화 같나. 끝없는 사랑이 있다면 어떨 것 같은가? 나만 바라봐 주고 깨지지 않는 단단한 신뢰와 믿음으로 가득 찬 사랑이 있다면 안정감도 생길 것 같은데. 그런데 요즘 사람들은 영원한 건 절대 없다고 말한다. 그것도 일리 있는 게 그 사람들도 겪어봐서 그렇게 말한 거니까. 나도 겪어보긴 했지. 예전에 했던 사랑은 소꿉놀이하듯 하는 가짜 사랑 같은 거라서. 지금 내게 와 있는 사랑은 와닿는 게 달라서 그런지 꼭 영원할 것만 같단 말이다. 그것도 끝까지 가보기 전까지는 모르겠지.

특히 결혼하는 사람들은 정말 믿음과 신뢰가 있어서 수많은 사람들 앞에서 서약까지 하는 거겠지? 나는 운명론자이지만 미혼이라 결혼하는 사람들 보면 참 신기하다. 그렇게까지 좋나 싶으면서. 그런 감정이 뭔지는 알겠지만, 영원한 사랑은 있다고 믿어도 사랑이 변하지 않을 거란 생각은 안 하니까. 물론 나쁜 쪽으로 변하는 게 아닌 익숙한 쪽으로 변하는 그런 사랑 말 하는 거다. 긴 세월 동안 함께 할 동반자일 텐데 얼마나 그 사람이 좋으면 평생을 함께 약속할까. 내가 미혼이라 잘 모른다. 누가 답 좀 주시라.

다른 말이지만 확실한 건 영원은 왜 슬픈 것 따위의 곁에나 존재하는 걸까에 대해서는 생각해 본 적 있다. 행복은 잠깐이고 금방 사라진다. 영원한 행복은 없듯 어째서 영원이라는 이 아름다운 단어는 이별, 죽음, 사라지는 것들 옆에 붙어 어울리지 않는 곳에서 완성되는 걸까.

이 영원이라는 것은 어째 내가 사랑하는 것들 곁에 있을 때 더욱 멀어지는 것 같은 느낌을 받을 때가 종종 있다. 영원하길 바라면서도 영원이라는 걸 믿지 않다는 듯이 지내야 겨우 영원을 지속할 수 있다. 이 치사한 영원의 속성 때문에 불안해져도 티를 낼 수 없다. 눈치채면 영원은 빠르게 떠나버린다. 영원 앞에서는 그저 태연해야 한다.

영원이란 말이 이런 식으로 쓰이는 거라면 나는 영원을 영원히 미워할 수도 있다. 아니, 가지고 싶은 것을 끝내 가지지 못할 걸 알면서도 결국 "영원한 사랑을 원해요." 하고 말하게 되는 나는 허공에서 멀어지는 영원을 바라보며 이렇게 말하게 되곤 한다. "영원한 게 있기는 하네."

그건 한 번 태어나 죽는 사람의 숙명, 죽음. 죽음은 영원하니까.

떠나 보내야 하는 사랑은 적응이 되지 않아요

사람은 왜 헤어질까, 왜 죽을까, 왜 죽어서 남은 사람들을 이토록 힘들게 할까. 세상은 왜 사람을 이렇게 만들었나. 만남 뒤에 이별이 있다. 영원한 이별은 싫다. 나에겐 다시 만날 수 있다는 약속이 있어야 한다. 이별을 받아들이는 것에 대해 내가 아직 너무 어린가 싶기도 하다. 그러나 도무지 적응이 되지 않는 걸 어쩜담. 특히 그 사랑이 깊어질수록 이별은 더 힘들다. 그래서 사랑한 만큼 힘들다고 한 거다. 반대어가 싫다. 만남, 만남, 만남만 있었으면 한다. 헤어짐이란 단어는 나에게 모질도록 힘들다. 차라리 아무도 안 만나고 혼자 사는 게 낫겠다.

태어나서 태어난 것도 아닌데 사람은 한 번 태어나면 죽어야 한다. 잉태와 죽음. 이 반대어도 싫다. 얼마만큼 싫냐면 초등학교 들어가기 전부터 죽음에 대한 공포가 심했다. 내가 기억하지는 못하지만 누군가 나에게 죽음에 대한 공포를 보여줬나 싶을 만큼 이상하게 밤에 자는 게 싫었다. 밤은 캄캄하다. 모두가 잠드는 시간이다. 누워서 잠은 자야 한다. 그런데 꼭 관 속에 갇힌 기분이 들었다. 엄마 아빠가 이제 들어가서 잘 시간이라고 하면 죽으러 들어가자는 것 같이 들렸다. 왜 그런지 모르겠지만. 그래서 안방으로 들어가 무섭다며 엄마 아빠 사이에 끼여서 잔 적도 있다. 혼자 자야 할 때면 라디오를 틀어놓고 사람의 음성 소리를 들었다. 그렇게 밤을 지세웠다. 그보다 더 어렸을 때, 아장아장 걸어 다닐 때쯤에는 누가 집에 놀러 왔다 돌아가려 하면 집이 떠나가라 울었다고 한다. 가지 말라고, 나랑 더 있자고. 이게 천성인지 뭔지는 모르겠다.

지금은 다 크기도 했고 주변의 죽음도 겪어보고, 가족에 대한 죽음도 겪어보니 죽음 자체를 인정했다고 해야 하나. 나이가 들수록 장례식장에 가는 일이 많다 보니 어느 정도 받아들여진 부분도 있다. 그래서 어렸을 때처럼 잘 때가 되면 경기를 하거나 심장이 쿵쾅거리지는 않는다. 다만 이런 건 있다. 자다가 심장마비로 죽을 수도 있다. 이런 건 염두에 두고 잔다. 좀 웃긴가. 그런데 다들 한 번쯤 해볼 만한 생각이지 않나. 불을 다 끄고 잠자리에 들 때면 오늘이 마지막일 수도 있겠구나 하는. 그래서 하루를 더 열심히 살아야겠다 다짐하게 되는. 미련 없이 후회 없이 갈 수 있도록. 그래도 예전에는 캄캄한 방도 무서워 무드등을 꼭 켜놓고 잤는데 그 습관도 고쳤다. 이제 캄캄한 방 안에서도 잘 잘 수 있다.

언젠가 죽음에 대해 진지하게 생각해 본 적이 있다. 내가 내일 당장 죽는다면 뭐가 가장 후회가 될까 깊이 생각해 본 적이 있다. 답은 바로 나왔다. 사랑. 타인을 사랑으로 보듬어주지 못한 것이 가장 후회가 되었다. 나의 가족, 친구들, 나와 일적으로 엮인 인연들, 하다못해 매일 슈퍼에서 계산을 해주는 아주머니에게까지도 왜 나는 더 친절을 베풀지 못했을까, 왜 더 상냥하게 대하지 않았을까. 기분 좋은 한마디라도 더 해줄걸. 가족에게는 사랑한다고 더 많이 표현할걸. 이런 것들. 죽음을 생각하면 주저 없이 표현을 못 한 것이 제일 마음에 걸리더라. 그래서 요즘에는 성격이 많이 죽었다. 타인에게 상냥해졌다. 내 사람에게는 더 잘 해주려 노력한다. 그래야 내가 죽을 때 수많은 후회 중 가장 큰 후회, 사랑에 대한 미련은 없이 떠날 수 있을 테니 말이다.

인생은 혼자라는 말도 어느 정도 맞다고 생각한다. 동시에 타인의 사랑으로 흔들리는 내 자신을 꼭 붙잡을 수 있었기 때문에 이 위대한 사랑의 힘을 경험한 나로서는 이 사람들을 사랑하지 않을 수 없다. 나도 그렇게 힘이 되어주고 싶다. 우리 다들 흔들리지 말자고. 혼자서는 너무 힘들잖아.

누군가에게 위로를 받는다는 건 참 가슴 따뜻한 일이다. 예상치 못한 사람으로부터 뜻밖의 위로, 한 마디 말이 너무나 소중하게 다가왔다. 결코 잊지 못할 것이다. 다 덕분이고 내가 살아있는 한 보답할 것이다. 그러니 내 곁에 있어주는 모든 사람들이 잘 있어줬으면 좋겠다.

죽으면 사라지는 건 똑같은 인간인데, 우리는 이 세상에서 잠깐 있다

사라지는 아무것도 아닌 존재인데 너무 애쓰며 살지는 말자는 생각도 하게 된다. 누가 그러지 않았던가. 우주에서 보면 우리는 우주 먼지 정도에 불과하다고. 멀리서 바라보면 인간은 이 지구에서 아무것도 아닌 존재가 된다. 그러니 짜증 좀 덜 내고, 화도 좀 죽이고 사는 게 낫겠다 싶다. 많이 웃고 행복한 것들로 채우며 그렇게 살다 가고 싶다.

돌고 도는 자기 사랑

사랑은 언제나 돌고 돈다. 이건 내가 느낀 바이다. 나는 나를 사랑할 줄 몰랐다. 얼굴도 못생기고, 키만 크고, 잘 하는 것도 없는 아이인 줄 알았다. 남들이 칭찬해도 받아들일 줄도 몰랐다. 지금 생각해 보면 이게 큰 실수 같다. 남들이 하는 얘기는 그냥 하는 얘기겠지 하고 넘어갔던 거. 지금 생각해 보면 다 맞는 말이다. 너 정도면 반반한 외모야, 넌 글을 잘 써. 이런 류의 말들. 내가 남이 객관적으로 말해주는 칭찬을 눈여겨 듣고 그 장점을 잘 살렸더라면 어쩌면 지금보다 더 책을 빨리 쓸 수도 있지 않았을까. 아니면 다른 재능을 발전시켜서 경력을 더 쌓았을 수도 있고.

나는 내가 어떤 사람인 줄도 모르는 데다가 내 가치를 잘 몰랐다. 원석도 다듬어야 보석이 되는데 그냥 원석인 채로 살아왔던 것이다. 그것도 아주 자신감 없고 존재감 없이. 그렇게 그냥 보낸 세월을 생각하면 가슴이 답답하다. 예전의 이십 대로 돌아가 정신 차리라고 뒤통수라도 때려 주고 오고 싶은 심정이다. 언젠가부터 일기를 꾸준히 쓰기 시작하고 그게 글감으로 변하면서 글쓰기가 쉬워지고 능숙해질 때, 그리고 시키지 않아도 매일 즐겁게 글을 쓰고 있을 때, 그때 알았다. 아, 나는 글을 쓰는 게 적성에 맞구나. 사람들이 나보고 글이 깊이 있다, 글이 따뜻하다, 글이 담백하다고 하는 소리가 그냥 하는 소리가 아니라는 걸 받아들이는 순간이었다. 나의 능력을 인정하고 받아들이는 순간 그제야 비로소 나는 나를 사랑하기 시작했다. 나를 인정하고 사랑하기 시작했더니 사람들이 더 관심을 가져주는 것도 참 신기했다. 나 자신을 소중히 하고 사랑했을 뿐인데 나를 관심과 애정으로 봐주는 사람들이 생겨나기 시작하는 게. 나를 조금 더 일찍 사랑했더라면 어땠을까. 뭐, 과거는 과거고. 지금이 중요한 거니까.

나를 사랑했더니 눈여겨 봐주는 사람들이 많아진다는 게 얼마나 신기한 일인가. 그래서 이제 나는 나에게 보내주는 관심과 사랑을 그냥 보내면 안 되겠다는 생각이 들었다. 나에 대한 책임감이 더욱 커지는 것이다. 나에게 관심을 가져주는 사람이 많을수록 나도 모르게 자기관리를 더 하게 되더라. '나는 열심히 살아야 하고 또 열심히 움직여야 하니까 운동을 해야겠다. 컨디션 조절을 하며 자기관리를 해야지. 글을 하나라도 더 쓰고 싶으니 그냥 지나칠 수 있는 일상도 그냥 지나치지 말자. 관심을 가지고 세상을 바라봐야지.' 하는 생각들. 끊임없이 나와 나를 바라봐 주는 사람들을 생각하게 되는 것이다. 나의 인생은 이제 막 시작이다.

　당신은 어떠신가? 자기 자신을 사랑하나? 아니면 미운가? 많이 부족하다고 생각하나? 자신감이 없는 기분. 나도 잘 안다. 이십 대의 나는 늘 그랬다. 항상 풀이 죽어있었고, 땅만 보고 걷는 게 일상이었다. 그런데 내가 나를 사랑하는 순간 그 힘은 실로 대단했다. 자신의 장점을 찾으시라. 내가 아까 말했지 않나. 자신의 장점과 단점을 적어보라고. 그냥 해본 소리가 아니다. 모든 사람에겐 자신의 단 하나라도 특출난 장점이 있다. 장점은 돋보이도록 하고 단점은 고쳐나가 보시라. 내가 좋은 사람이 되면 좋은 사람도 따라온다. 좋은 기회도 오고. 경험 해보고 하는 말이다. 정말이다.

하고 싶은 일을 하며 산다는 것

하고 싶은 일을 하면서 사는 건 사실 간단하다. 하기 싫은 건 안 하면 된다. 하기 싫은 건 죽어도 안 하는 나의 이 철옹성 같은 마인드가 나를 그렇게 만들었다. 난 그랬다. 그리고 생각했다. '하기 싫은 걸 어떻게 매일 하면서 살라는 거지. 다들 하루를 이런 식으로 버티는 건가.' 다들 회사 욕하고, 상사 욕하고, 업무로 스트레스 받으면서 매일 일을 나간다. 나는 그건 죽어도 못 하겠는 거다. 물론 회사에서 일한 경험 있다. 그것도 일 년도 못 채우고 나왔다. 누구는 근성이 없다고 하고 끈기가 없다고 할 수도 있다. 근데 내가 그걸 버텨야만 하는 이유는 또 무엇인가.

나는 내가 다시 태어난다고 해도 회사는 안 들어갈 것이다. 회사는 나와 맞지 않는다. 절대. 그리고 일을 관둘 때마다 난 다시 태어났다고 생각했다. 다시 태어났으니까 새로운 걸 하면 돼. 긍정적이라서 긍정적으로 생각한 게 아니라 길이 안 보였음에 오히려 긍정적으로 생각하기로 마음 먹은 것이다. 난 내가 하고 싶은 거라면 아르바이트만 하면서 살아도 된다는 마인드다. 정말 부끄럽지 않다. 어렸을 때는 부끄러웠다. 또래들처럼 번번한 회사를 다니지 못하고 있는 게 한심스러울 때도 있었다. 그런데 나이 먹으면서 깨달은 게 있다. 내가 행복하려고 사는 거 아닌가. 그럼 내가 행복한 걸 해야지. 아니 행복하지는 못하더라도 적어도 할 만한 걸 하면서 살아야 하는 거 아닌가. 내가 그 많은 스트레스와 고통을 참으면 남들보다 훨씬 많은 돈을 버는 것도 아니지 않나. 벌이가 거기서 다 거기인데 뭐 하러 이런 고통을 받나. 그럴 거면 난 풍족한 삶은 포기할 테다. 입에 풀칠을 하더라도 나 쓸 만큼만 적당히 벌고 내 마음 편한 걸 하자 생각해서 이렇게 인생이 흘러왔다.

일자리가 없으면 도서관 가서 책을 읽었다. 사고 싶은 책이 있으면 정가는 비싸니까 중고 서점 가서 책을 사 읽었다. 글을 읽으며 영감을 얻으면 메모장에 적었다. 그걸 다시 글로 풀어썼다. 글을 더 많이 쓰기 시작했다. 카페를 좋아하니 카페에서 책 읽으며 글 쓰는 시간을 보내는 삶을 낙으로 살았다. 그렇게 시간을 보내다 괜찮은 아르바이트 자리가 나오면 거기서 일을 했다. 아르바이트는 스피드가 생명이다. 아르바이트 자리가 생기면 얼른 낚아챘다. 그래서 보통 아르바이트는 평균 두 개 정도 했다. 남에게 손 벌리지 않고 생활 유지는 해야 하니까.

매일같이 가는 카페가 있다. 좋아하는 카페에 가서 커피 한 잔 시키며 책을 보고, 글을 쓰는 시간은 나에게 해소의 시간이었다. 남에게 못할 말도 마음대로 적어도 되고, 내가 쓰고 싶은 글을 마음껏 쓸 수 있는 시간은 시간을 뛰어넘는 시간이었다. 세 네 시간이 우스울 정도로 시간이 빠르게 지나갔다.

누군가 그랬다. 길은 어디에나 있다고. 그래서 그 말을 믿었다. 길은 누구에나 있겠지. 나에게도 있겠지. 나도 어딘지 모를 길을 따라가고 있다고 믿었다. 그곳이 어디인지는 모르겠지만 앞만 보고 꿋꿋이 나아갔다. 소신껏 밀고 나아갔다. 누가 나에게 뭐라 해도, 나이 먹고 한심하다고 생각해도 괜찮았다. 그건 그들 생각이고. 난 내 방식대로 하고 싶은 거 하면서 산다는데 뭐 어쩌라고. 이 세상에 성공한 사람들은 다 자기만의 삶의 방식이 있었다. 누가 뭐라 해도 원하는 목표가 있으면 십 년이 걸려도 포기하지 않고 한 길만 판 사람들이었다. 비록 살아 있을 때 빛을 보지 못하더라도 죽어서 빛을 보는 아티스트도 많듯이.

삶에 방식이 정해져 있나. 내가 사는 방식이 정답이지. 할 수 없는 건 과감히 포기하고 하고 싶은 거 하면서 산다는데 뭐라고 할텐가. 남들이 가는 길 나도 가야 하나. 왜 다 똑같이 가야 하는지 그 이유를 더 모르겠다. 그러니 개성이 없지. 이제까지 나에게 뭐라고 한 사람들 당신이나 똑바로 살기를. 다시 한번 말하지만 삶에는 정답이 없다.

제6장
우리라는 세계

아직도 세상은 냉정하다

한때는 색안경을 끼고 세상을 바라봤다. 좋지 않은 방향 쪽으로. 잘 풀리지 않을 때가 많았으니까. 세상 사는 게 어디 마음대로 되나. 한때는 세상은 나를 힘들게만 하는 것 같다는 생각에 이 냉정한 세상을 외면하려고 집에서 나오지 않았던 적이 있었다. 이쯤 되면 알겠지만 난 힘들거나 비관적인 생각이 들면 집에 꽁꽁 숨어버리는 습성이 있다. 그리고 곰이 겨울잠 자듯 나오지를 않는다. 물론 내가 한 노력은 염소 털끝 만큼 일지라도 그걸 알아주는 사람이 아무도 없었으니까. 의지할 곳도 없으니 혼자서 견디기로 해본 거다. 세상은 참 차가운 곳이라 여기며 세상을 냉정하게만 바라봤다.

그러다가 점점 고립이 되기 시작하니 어느 순간 이러면 안 되겠다는 생각을 했다. 다행인게 한 번 고립이 되면 빠져나오기 힘들다는 걸 잘 알고 있었다. 그래서 어떻게든 세상 밖으로 기어 나오게 되었다. 밖에서 운동 하는 것부터 시작해서 천천히 하나씩 뭔가를 배우고, 취직도 하며 점점 행동반경을 넓혀갔다. 그 과정이 안 힘들었다면 거짓말이다. 세상 밖으로 나오기까지 용기를 많이 냈다. 사는 게 뭐라고 내가 뭐 하나 하는데 이렇게까지 애를 써가며 일을 해야 하나 별별 생각이 다 들기도 했지만. '그래, 세상은 누구에게나 차갑고 냉정한 곳이니까.' 하면서 버텼던 것 같다. 세상 사는 거 방법이 따로 있는 것도 아니라서 더 어려웠다. 누가 넌 이렇게 살아라 하고 답 좀 줬으면 좋겠다는 생각도 했다. 누가 길이라도 터주면 얼마나 좋을까 하고. 전용 비서가 있었으면 좋겠다고도 생각했다. '당신의 상태는 지금 이러하니 이걸 하세요. 그다음 이걸 하세요. 이렇게 누가 좀 말해줬으면 좋겠다.' 하면서 한밤중 집 주변을 어슬렁거리며 산책하기도 했었다.

선선한 날 한밤중 산책로를 빙글빙글 돌면서 세상에 대한 고찰을 참 많이 했었다. 근데 희한하게 내가 나아가야 할 방향은 답이 안 나오고 글감만 계속 나왔다. '아, 이런 글을 써야겠다.' 하면서 아이디어가 나오면 바로 메모장에다 적고. 내가 무슨 작가도 아닌데 말이다. 그걸 하나의 글로 잘 만들어 일기장에다 적기도 했다. 그때 무슨 암시라도 준 걸까. 지금의 내가 이렇게 책을 내려고 그러나 보다 하고.

지금 세상을 바라보는 내 시선은 여전히 냉정하다. 너무나 차갑다. 그런데 바뀐 건 있다. 그래도 하면 되는구나. 누구나 시간이 지나면서 아무것도 안 하진 않나, 직장을 다니든, 운동을 하든, 글을 쓰든 그 시간이 결코 헛된 시간은 아니지 않나. 투자한 시간과 노력이 쌓이고 쌓여 승진을 하거나 월급이 오른다든지, 전보다 멋진 근육을 가지게 되었다든지, 글이 모여 하나의 책이 된다든지 하는 성과가 분명히 있으니까.

그때 깨달았다. 내가 시간을 헛되이 보낸 것 같아도 결코 헛된 게 아니구나. 우리는 이런 믿음이 꼭 있어야 하는 것 같다. 일종의 희망과 같다. 누가 뭐래도 내가 하고 싶은 걸 하면 그 시간이 결코 우리를 배신하지 않을 거라고. 실패는 뼈에 남는 교훈을 가져다주고 운이 좋으면 나중에는 결국 그게 다 돌아와서 배신하지 않을 거라고. 인생에서 자신을 믿고 움직이는 게 가장 중요하다고 생각한다. 이런 얘기를 하는 것 보면 내가 마냥 세상을 냉정하게 보는 것만 같지는 않다. 어쨌든 뭘 하든 시간이 지나면 결과로 보여주는 세상이니 어쩌면 세상을 한 뼘 정도 따뜻하게 바라봐도 되지 않을까.

개인주의 사회에 우리라는 말은 좀 어색하지 않은가

개인주의 사회에서 우리라는 말은 좀 어색하지 않은가. 왜 이런 생각을 했냐면 우리는 이제 혼자서도 잘 놀 수 있으니까. MZ 세대도 나오지 않았나. 회사 안에서도 개인주의의 분위기로 흘러가는 기업들도 많아지고 있고 말이다. 모든 걸 혼자서 해결할 수 있도록 만들어진 스마트폰도 한몫했다고 본다. 어쩌면 우리는 고독을 즐기는 세대가 되어버린 게 아닐까.

여기서 고독은 고립과 다른 개념이란 걸 알아야 한다. 고립은 주변에 아무도 없어서 어쩔 수 없이 혼자가 되는 게 고립이다. 고독은 세상과 홀로 떨어져 있는 것 같지만 홀로 자체로도 즐길 수 있는 게 고독이다. 고독은 혼자 있음으로 쉴 시간을 주기도 하니까. 특히 내향인들이 이 고독을 잘 즐길 수 있다고 한다. 나 역시 고독을 즐길 줄 아는 사람이다. 내가 가장 편안한 곳에서 음악을 들으며 커피 한 잔 즐긴다고 하자. 아무도 방해받지 않는 곳에서. 다른 사람과의 접촉을 차단한 채로 홀로 쉬며 고독을 즐기는 거다. 이런 시간은 누구든 필요하지 않을까. 밖에만 나가면 사람이 넘친다. 그 인파를 뚫고 정신없이 일하고 집으로 돌아온다면 이런 고독을 즐길 시간 정도는 있어야 하지 않겠나.

가끔씩 밖에서 일하면서 누군가가 "우리는 있잖아, 우리가 이런 걸 해야 해."할 때 스스로 놀라곤 한다. 그러니까 같이 일하는 공동체는 맞긴 한데 우리라는 단어는 아직도 어색한 거다. 내가 속해있는 곳에 당신도 속해 있다고? 조금 거부감이 드는데. 나는 그걸 '우리'라고 말하고 싶지 않은데 하고 속으로 생각만 하곤 했다. 우리라는 말이 가까운 사이를 칭하는 개념처럼 되어버려서일까. 나는 이 '우리'라는 단어가 왜 이렇게 거슬릴까. 내가 예민한 탓일까. 내가 어떤 단체에 속해있지만 우리라고는 말하고 싶지 않다. 이건 어쩌면 모순처럼 들리기도 하다.

그럼에도 우리라고 해야 하는 이유가 있다. 우리는 함께해야 이룰 수 있는 목표와 일들이 있으니까. 백지장도 맞들면 낫다는 말이 있지 않은가. 그리고 혼자서는 절대로 할 수 없는 것들이 있다. 누구는 할 수 있는 일을 내가 못 한다면 도움이 필요하기도 하고. 그래서 머리를 맞대고 힘을 합쳐 '우리'가 함께 일을 해야 하는 것이다. 그래서 우리라는 말이 생겨난 것 같기도 하다.

이제까지 내가 글을 쓰면서도 우리라는 말을 굉장히 많이 썼다. 이런 의미에서도 우리라는 개념이 필요한가 보다. 내가 글을 쓰면서 저는 이 랬고요, 저랬고요 하는데 아무도 읽어주지 않는다면 우리라는 건 없는 것처럼. 그리고 나는 계속해서 독자들을 향해 우리라고 해왔다. 우리는 이렇게 하면 된다고 내가 계속해서 방향을 제시하기도 하고 묻기도 했 다.

우리가 흔히 사용하는 스마트폰도 그렇다. 각종 SNS도 각자의 개인주 의적 영역을 지키면서 소통하기 위해 이웃을 늘리고 팔로우를 한다. 거 기서 또 실제로 관심사가 같은 사람들끼리 모여 모임을 만들어 '우리'를 만들어내기도 한다. 그렇게 해서 마니아 동아리도 생겨나기도 하고. 우 리는 이렇게도 '우리'를 만들어 내기도 한다. 우리는 이렇게 계속해서 공 동체를 만들어 낸다. 그건 또 왜 일까.

같이, 함께 해야 하는 일들

앞서 공동체 얘기를 했다. 그렇다. 결국 같이, 함께 해야 하는 일들이 있기 때문이다. 함께라는 게 필요할 일이 있기 때문이다. 같은 목표가 있는 사람들끼리는 또 잘 통하니까. 그래서 당신들도 내 책을 읽고 있는 것 아닌가. 글이 좋아서, 책이 좋아서, 관심이 있으니까 말이다. 하다못해 이 책을 만드는 일도 나 혼자서는 절대로 못 한다. 교정, 교열을 봐주는 분들이 있어야 하고, 책을 인쇄해 주는 전문가도 있어야 하니까 말이다. 출판사가 있어야 책을 찍어 만들 수 있지 않겠나.

우리는 어쩔 수 없이 함께해야 하는 세상에서 살고 있다. 아무리 개인주의, 개인주의 떠들지만 그것도 선을 넘지 않는 선에서 개인의 영역을 지키자는 뜻이다. 함께 할 때는 또 같은 목표를 향해 달려가는 '우리'가 있어야 한다. 그래야 우리가 즐기고 누릴 수 있는 것들이 많아지기 마련이다. 사회가 굴러가는 것도 이 때문 아니겠나.

각자의 관심사가 다 다르겠지만 나는 글과 책이라는 주제에 푹 빠져있다. 나는 지금 이 순간 글을 쓰고 있지만 독자와 함께 호흡하는 마음으로 글을 쓰고 있다. 내가 글을 쓰다가 지웠다 하는 순간에 그것마저도 독자가 보고 있다는 마음으로. 이런 걸 진정한 '우리'라고 표현해도 되지 않겠나.

그리고 단순한 목표를 가지고 시작하는 사람은 아무도 없다. 그 목표를 세우는 것도 사랑과 애정이 있어야 가능한 일들이다. 내가 관심도 없는데 어떤 공동체에 속할 수 있겠나. 그건 억지다. 내가 좋아하는 것들로 나를 채우기 위해서 우리는 '우리'라는 공동체를 만든다.

큰 공동체라는 개념에서 벗어나 역설적이게 개인으로서도 우리를 설명할 수 있다. 우리는 각자의 벽이 있다. 일 더하기 일은 이. 하나와 하나가 모이면 둘이 된다. 그 사이에 벽이 있다. 우리는 각자의 벽에 서로 기댈 수 있다. 내 도움을 남에게 건넬 수 있고, 반대로 다른 이의 도움을 내가 받을 수도 있다. 힘들면 그 벽에 기대어 조금 쉬어갈 수도 있다. 선을 지키자는 개인주의의 말이 나쁜 뜻이 아니라는 말이다. 우리는 그렇게 서로의 도움을 받으며 살아가는 것이다. 개인적으로 어떤 일이 있어 힘들어 쉬고 싶을 때 우리는 누군가를 찾는다. 기댈 사람을 찾는 것이다. 그럴 때 연락 한 번으로 나와 줄 수 있는 사람이 있다면 그 사람 어깨에 기대어 쉴 수도 있는 것이다. 이런 식으로 우리는 서로의 어깨에 기대어 쉴 수는 있는 존재이다. 아무리 개인, 개인 해도 우리는 '우리'일 수밖에 없다.

그래서 나는 기도한다. "각자의 자리에서 오늘도 내일도 그다음 날도 무탈히 살아주세요. 오늘 하루도 무사히 넘겼다는 생각이 드는 거 알아요. 모든 감정을 나누지는 못하지만, 보이지 않는 벽도 있지만 그래도 지치는 날 가끔은 몰래 그 벽에 기대기도 하잖아요. 존재하는 것만으로도 힘이 된다는 거 말하지 않아도 알잖아요. 곁에 있어주세요. 오늘도 무탈히." 모두에게.

그렇다. 결국은 관심과 사랑으로 공동체를 만들게 된다. 나도 벌써 나와 관련된 공동체가 몇 개는 있다. 나에게 관심을 가져주시는 분들이 얼마나 진심일지는 모르겠지만 SNS만 봐도 내 공동체는 벌써 세 개나 되고 있다. 그리고 꾸준히 소통하고 있다. 이 꾸준히도 아까도 말했다시피 관심과 사랑이 있어야 지속될 수 있는 것이다. 내가 무작정 카페를 내게 된 것도 커피가 너무 좋아서. 그렇지 않다면 내가 왜 카페를 차리겠나. 사람은 자신이 바라는 방향으로 그리고 원하는 방향으로 흘러가게 되어있다. 그게 몸이든 마음이든. 그리고 결국 그것을 사랑하게 된다. 인간이라면 어쩔 수 없다.

티브이 프로그램 중에서 엄청난 특기를 가지고 있는 사람들을 상대로 하는 프로그램을 가끔 흥미롭게 보곤 한다. 나이가 지긋하신 분인데 그분은 그림을 수준급으로 잘 그리신다. 직업은 따로 있고 꿈은 그림 작가가 되는 거란다. 이것만 봐도 사람은 나이가 들어서도 자기가 좋아하고 사랑하는 것들을 놓지 못하게 되어있다. 그래서 내가 한 살이라도 어릴 때 내가 좋아하는 것들로 나를 채우려고 노력하고 있는 것이다. 젊을 때 고생은 사서도 한다 하지 않나. 노세노세 젊어서 노세가 아니고. 지금 원하는 게 있다면 지금 하는 게 맞다는 게 나의 지론이다.

당신 사랑하는 것들로 자신의 주위를 채워보시길 바란다. 자기가 좋아하는 것 하나쯤은 있지 않겠나. 그것들로 정원에 꽃밭을 가꾸듯이 하나씩 채워보시길 바란다. 그 과정에서 자기를 이해하고 조금 더 사랑하게 된다. 그리고 한 뼘 더 성장하게 된다. 적어도 내 글을 읽는 독자들은 그런 분들이 되었으면 한다. 막상 해보니 별거 아니더라. 해보고 하는 말이다. 정말이다.

우리가 되기 위해 받아들여야 하는 자세

각자 다른 개인이 모여 '우리'가 되는 일은 얼마나 힘든 일인가. 가뜩이나 서로를 잘 모르는 상태일지라도 같은 목표를 향해 나아가는 일을 회사 안에서 급하게 프로젝트를 맡은 한 팀이 있다고 해보자. 이들은 정해진 지시에 따라 맞춰 협력을 해야 한다. 그 과정 속에서 의사소통은 기본으로 잘 되어야 하고, 업무 분담도 잘 나누어야 할 것이고, 일의 능력도 동시에 갖추어야 한다. 그런데 이 모든 게 잘 되려면 뭐가 기본적으로 깔려있어야 할까. 바로 이해와 배려다.

회사든 어느 단체에서든 일의 수준은 어느 정도 갖춰줬다고 보면 된다. 문제는 개인의 성향인데 개인의 성향에 따라 하나의 문제를 가지고 풀어내는 방식이 다 다르다. 어떤 사람은 효율적인 방향으로 쉽게 접근해 일찍 업무를 해결할 수도 있고, 어떤 사람은 헤매다가 누군가의 도움으로 업무를 해결할 수도 있다. 이때는 협력이 필요한 것이다. 잘 아는 사람은 부족한 사람을 채워주고, 서로 힘을 합쳐 하나의 목표를 이뤄내는 것이다. 여기서 이해와 배려가 필요하다. 일을 못 한다고 뭐라 할 게 아니다. 어떻게 하면 업무에서 능력이 부족한 동료가 우리의 일에 또는 프로젝트에 잘 따라올 수 있게끔 할지 아량을 베푸는 것이다. 물론 이 과정에서 가끔은 답답할 수는 있겠다. 그래도 같이 일할 수밖에 없다면 어쩔 수 없지 않은가.

어쩌면 일하면서 일보다는 인간관계가 더 어렵다는 사실을 배울 수도 있다. 그래서 인사팀도 따로 있는 것이고. 오죽하면 이런 질문도 나온다. 싸가지 없지만 일 잘하는 직장 동료가 낫냐, 착하지만 일 못하는 직장 동료가 낫냐라는.

당신은 어떠신가. 지금 선택해 보시라. 나는 착하지만 일 못하는 직장 동료를 선택하겠다. 우리는 하나의 공동체다. 개인 차이일 수도 있지만 나의 경우 일을 아무리 잘해도 성격이 개차반이면 같이 있기도 싫다. 일을 잘 하든 못 하든 같이 엮이기 싫다. 차라리 착한 동료는 배워서 가르칠 수 있다. 시간이 걸리더라도 내 역량을 나눠주고 이해와 배려로 협력하면 싸가지 없어서 스트레스 받는 동료보다 훨씬 나을 수 있다. 왜냐하면 발전에 없는 사람은 없기에. 한두 번 볼 것이 아니기 때문에.

나의 경우는 사람의 역량보다 사람 인성을 먼저 보는 스타일이라 이런 선택을 했다. 아마 업무를 우선적으로 보는 사람이라면 싸가지 없어도 일 잘하는 직장 동료를 선택했으리라 본다. 그것도 내 업무에 차질을 주지는 않으니까. 나만 잘 하면 되니까. 나도 한때는 싸가지 없어도 일만 잘 하면 되는 거 아니야? 하고 생각한 적이 있었다. 그러니 세상에는 별 사람이 다 있다는 걸 겪게 되면서부터 그런 마음이 싹 사라졌다. 난 역시 인성 파다. 인성이 가장 먼저다.

아무튼 각기 다른 사람들이 모여 우리가 되기 위해서는 이해와 배려가 우선이 되어야 한다.

이해와 배려 없이는 아무리 작은 일도 협력하기 힘들다. 그렇다면 아마 개인주의를 넘어 차가운 남처럼 알아서 살아남아야 하는 차디찬 사회가 되지 않을까 싶다. 그건 너무 정이 없지 않은가. 아무리 개인주의 사회가 되었다고 해도 우리는 어쩔 수 없이 서로를 의지하며 살아가야 하는데 말이다. 어쩔 수 없이 아무리 개인주의, 개인주의 해도 우리는 '우리'일 수밖에 없다.

별의 별 사람들, 별처럼 빛나는 사람들

우리는 살면서 많은 사람들을 만나게 된다. 그중에서도 몇 마디 하지 않았는데도 나와 잘 통하는 사람도 있을 것이고 왠지 피해야 할 것만 같은 쎄한 사람도 있을 것이다. 나는 촉이 발달한 사람이라 나와 잘 맞는 사람보다 피해야 할 사람들을 잘 구분할 줄 안다. 그래서 한 번 사람을 보면 거의 답이 나온다. 아 저 사람은 이런 사람이구나. 다행히 나는 앞서 말한 이해와 배려가 그래도 남들보다는 있는 편이여서 이리 구슬리고 저리 구슬려 업무를 진행하는 스타일이다. 내가 원하는 방향 쪽으로 흘러가게 말이다. 그러나 이게 전혀 통하지 않은 사람들이 있다.

한 번은 아무 이해관계가 없는 사람을 만난 적이 있다. 가만히 있기 뭐해서 가벼운 농담으로 얘기를 주고받는 상황이었다. 부담 없이 장난치며 이런저런 얘기를 하는데 갑자기 상대방이 뜬금없이 자기가 자라온 어린 시절 역사를 이야기하는 것이다. 나는 그렇게까지 알고 싶지는 않았지만 그래도 그러려니 하고 호응을 하며 이야기를 들어주었다. 먼 허공을 바라보면서. 그런데 이야기는 거기서 끝나지 않았다. 자기의 학창 시절로 주제가 넘어가더니 나중에는 자신의 전공, 거기서 뭘 배웠는지, 자신의 스승은 누구인지, 조상은 누구인지까지 얘기를 하는 것이었다. 당황스럽기 그지없었다. 물론 난 가만히 들어주면 될 뿐이었지만 그런 얘기를 나눌 만큼 가까운 사이가 아니었다. 같은 건물에 오다가다 인사나 한 번씩 하며 얼굴만 아는 정도의 지인이었는데 상당히 당황스러웠던 기억이 난다. 나는 거기서 거의 한 시간 넘게 서서 그의 이야기를 들어야만 했다. 고문이 따로 없었다. 잘 지내냐, 어떻게 지내냐로 시작한 간단한 안부 인사가 그의 역사까지 읊게 만들었기 때문이다.

한 번은 내가 가장 많이 이용하는 대중교통인 버스를 기다리고 있을 때였다. 그날은 뭔가 이상했다. 버스 정류장에서 버스를 기다리고 있는데 혼자서 중얼거리는 사람이 보였다. 몰골은 씻지도 않은 상태였고 이리저리 눈치를 살피더니 혼자 있는 사람에게 접근해 말을 걸었다. 듣기로는 내가 차비가 없어서 그러는데 천 원만 빌려주실 수 있으신지 물어보는 것 같았다. 꼭 혼자만 있는 약해 보이는 노인이나 여자를 상대로 탐색하는 것 같았다. 그래서 나는 저 멀리서 떨어져 버스를 기다린 적도 있었다.

그렇게 기다려 버스를 탔는데 버스가 서는 것부터가 예사롭지 않았다.

보통 버스는 정류장 앞에서 부드럽게 서기 마련인데 이 버스는 끼익하고 서는 것이었다. 빨리 집으로 돌아가야 했기 때문에 일단 버스를 탔다. 그런데 내가 탄 버스가 하필이면 난폭 운전을 하는 버스였던 것이었다. 어찌나 거칠게 운전을 하던지 브레이크를 밟을 때마다 승객이 앞으로 쏠리고 온몸이 좌우로 흔들리는 건 기본이었다. 가만히 앉아서 도착지에 내릴 때까지 밀려오는 멀미를 피할 수 없었다. 점점 화가 나기 시작했다. 시민들을 태우는 버스가 이렇게 운전을 해서 된단 말인가. 가뜩이나 옆에서 오는 차와 부딪혀 사고도 날 뻔했다. 버스 기사는 뭘 잘했다고 씩씩 거리며 상대편 차량 번호를 달력에 적기 시작했다. 그것도 어이가 없었다. 안전 운행을 했다면 벌어지지 않을 일이었다. 멀미에 속도 좋지 않아 화가 치밀어 올랐다. 안 되겠다 싶어 내리기 전 운수 회사의 번호를 알아내고 나서 차량 번호를 찍었다. 그리고 운수 회사 홈페이지에 몇 시경 이 버스가 난폭 운전을 해 사고가 날 뻔했다며 시정해 달라 글을 썼다. 그 후부터 그 버스 기사는 보이지 않았다. 어떻게 된 건지는 모르겠지만 적어도 많은 시민을 태우고 다니는 대중교통은 안전을 최우선으로 해야 하는 것 아닌가. 가뜩이나 나이 지긋하신 어르신도 타고 다니는 교통수단인데 말이다.

또 다른 예로 어려운 말을 쓰지도 않았는데 말귀를 못 알아듣는 경우도 종종 있다. 내가 아무리 글을 쓰고 책을 읽는 사람이라고 해도 거창한 말은 잘 쓰지는 않는데 그런 사람들이 유독 많았다. 그래서 항상 누군가에게 말을 할 때는 최대한 쉽게 풀어서 얘기한다. 이것도 일종의 나만의 배려다. 같은 한국어로 대화하는데 대화가 안 되는 게 이상하기는 하지만 그래도 이해하려 노력한다. 세상을 살다 보면 별의별 사람을 다 만난다. 그럴 땐 넓은 아량으로 이해하거나 피할 사람은 피해야지 어쩌겠나.

반면에 별의별 사람이 아닌 특별한 사람을 만나기도 한다. 정말 이런 사람이 있나 싶을 정도로 반짝반짝 빛나는 별 같은 사람들이 있다. 나는 그런 원석을 잘 찾아내는 촉도 있다. 어떤 인연으로 만났건 간에 그런 사람은 누구든 놓치고 싶지 않을 것이다.

한번은 우연한 계기로 아무 정보도 없이 모르는 사람을 봤는데 고물을 모으는 할머니의 손수레를 끌어주더라. 나서기 힘들었을 텐데 용기 내서 할머니를 도와준 그 사람. 난처하거나 위험한 상황이 생기면 주저할 것 없이 도와주는 그런 사람이었다. 나중에 직접 보니 말 한마디 한 마디를 상대방이 알아들을 수 있도록 천천히 얘기하고 차분하게 배려해 주는 느낌이 물씬 풍겼다. 사람을 많이 접해본 사람이라는 걸 알 수 있었다. 자기가 어떤 분야에 안다고 해서 잘난 체하며 나서지 않았다. 그저 충분히 들어주고 나중에서야 자기 이야기를 풀어내는 그런 사람이었다. 자기 분야에서는 실력이 확실한 사람. 한 분야에서는 가차 없이 파고드는 사람. 궁금한 게 있으면 전문가처럼 파고드는 그 사람. 그 때문일까 가만히 있어도 많은 사람들이 따르는 그 사람. 그 사람이 오늘날의 내 둘도 없는 친구가 되었다.

모든 사람에게는 아픔이 있다. 모든 아픔을 나누고 서로의 모든 면을 꺼내 보이고 나서야 더 가까워졌다. 그리고 그에게서 인생을, 그리고 사람을 많이 배웠다. 그리고 지금도 여전히 배워가는 중이다. 완벽한 사람은 없다지만 나 역시 인간적으로 아직 미성숙하고 완벽하지가 못하다. 그런 면들을 많이 채워주는 사람이다. 그 친구를 만나서 사람이 되어가고 있는 중이다. 그런 별처럼 빛나는 사람을 다른 사람이라고야 모를까. 가만히 있어도 저 멀리서 빛이 나는데. 하지만 그는 사람을 만나는 데 있어서 신중한 사람이다. 별이 별을 알아보듯, 그도 나를 알아본 것이라 했다. 그 사람이 그렇게 말해 준 순간 나도 특별한 사람이 되는 듯했다. 그리고 점점 그렇게 되어가는 것 같다. 내 인생에 특별한 사람이 있다는 사실 하나만으로도 든든해질 수 있다는 걸 느낀 순간이었다. 나도 더 빛나야지, 더욱 빛나서 또 빛나는 사람을 만나야지, 더 나은 사람이 되어야지 매번 다짐하게 된다.

아는 게 힘, 모르는 게 약

아는 게 힘이라는 말, 모르는 게 약이라는 말이 있지 않은가. 두 말에 다 동의하는가? 나는 굳이 말하자면 아는 게 힘이라는 말이 훨씬 낫다고 생각한다. 내가 나의 전문 분야에서 아는 게 많으면 전문가가 될 수 있다. 생활의 지혜나, 보험, 세금 등과 같은 분야도 살면서 꼭 필요한 부분이기에 알아두면 득이 될 수 있다. 그 외에도 아는 것들이 많으면 적어도 손해를 보지는 않을 것 같다. 알면 태풍이 와도 대비라도 하고 해결이라도 할수 있지, 모르고 가만히 있으면 재앙이 되어 돌아오는 것 같다. 난 엄청난회피형 인간인데도 모르는 게 약은 아닌 것 같다. 이건 어쩌면 완벽주의자 성향 때문일지도 모르겠다. 뭐든 많이 알고 있는 게 삶에 도움이 될 것이다.

모르는 게 약이라는 말 자체는 다르게 말하면 알면 다친다는 말같이 느껴진다. 안 좋은 일을 굳이 알아야 할까. 알아서 심란한 일들은 모르는 체로 넘어가는 편이 속이라도 편하지 않을까 싶기도 하다. 어떤 면에서는 그럴 수도 있을 것 같다. 그렇지만 모르고 있다가 속수무책으로 당하기라도 한다면 어떨까. 미리 알았더라면 수습할 수 있는 일을 눈덩이처럼 커진 문제 앞에서 우리는 당황할 수밖에 없다. 그렇다면 아무리 고통스러운 소식이더라도 아는 게 힘 아닐까. 어떨까. 우리 삶에서 모르고 그냥 지나가는 게 약일 게 있을까. 몰라야 하는 게 있다면 어떤 게 있을까. 이렇게라도 궁금해하면 안 될 만큼 무시무시한 걸까. 그렇다면 그 사실에 숨어 있어야 하는 건가. 그래도 알고 싶다. 세상의 비밀을 알고 싶다. 해결하지는 못하더라도 무슨 일이 일어나는 건지 알고 싶다. 우리가 아는 세상은 새 발의 피겠지. 내가 경험한 만큼 아는 세상이니까. 내가 모르는 미지의 세계를 알고 싶다. 적어도 나와 내 가족에 대한 거라도. 내 주변의 사람들의 일이라도. 도와줄 수라도 있게 말이다.

제7장
평범한 일상 같지만

저한테 냄새가 나나요?

얼마 전 버스를 타는데 누군가 올라탄 뒤로부터 이상한 냄새가 나는 것이다. 술 냄새 같기도 하고 비린내 같기도 하고 둘 다 섞인 냄새 같기도 했다. 그날 비가 와서 유독 냄새가 더 짙게 퍼졌다. 나는 멀미를 잘 하는 편이라 그 뒤로 창밖만 보며 참을 수밖에 없었다. 마스크를 썼지만 코를 찌르는 냄새에 최소한의 숨만 얇게 쉬었다. 도대체 뭘 하다 왔는지 불평을 하려는 찰나 옛날 생각이 났다.

몇 년 전 나는 내가 살던 시내의 한 중심부에 위치한 돈가스 가게에서 주방 직원으로 일한 적이 있다. 주방에서 일하다 보니 옷에 냄새가 배는 일은 피할 수 없었다. 아무리 유니폼을 입는다고 해도 머리카락에 스며든 냄새와 땀 쩐내, 매장을 잔뜩 찬 음식 냄새까지 어찌할 도리가 없었다. 옷을 갈아입는 라커룸이 있었지만 매장과 같은 공간이니 내 사복에도 냄새가 밸 수밖에. 기름 앞에서 튀기고 지지고 볶고 하는데 그게 업이다 보니 나도 나한테 냄새가 난다는 걸 알 수밖에 없다. 그 특유의 기름 쩐내가 심해지면 좀 역하긴 하다. 자가용도 없는지라 대중교통을 이용하곤 했다. 주로 버스를 이용했다. 열두 시간 동안 매장에 처박혀 일만 하다가 집으로 갈 때면 택시의 유혹이 있기도 했지만 그래도 한 푼이라도 아끼자는 생각에 버스에 오르던 어느 겨울날이었다. 그날도 지친 몸을 이끌고 버스에 올랐다. 만원 버스였고 승객은 가득 차 있었다. 내 옆에 있던 청년이 누구랑 통화하는지는 모르겠지만 이런 말을 했다. "야, 버스에서 이상한 냄새가 난다. 진짜 이상한 기름 쩐내. 역겨워 죽겠다."

바로 옆에 있던 사람이었고 그 사람은 표현만 안 했지 분명 나를 두고 얘기하는 것임이 틀림없었다. 움직일 수 없는 그 만원 버스에서 계속 나를 힐끔 쳐다보며 냄새에 대해 대화를 이어나갔다. 안 그래도 지치고 힘든데 그런 말까지 들으니 수치심과 모욕감이 들었다. 그러나 뭐라 할 수는 없었다. 대놓고 나보고 얘기를 한 것도 아니고 그렇다고 나 혼자 뭐라고 하기에도 이상한 상황이지 않은가. 나는 얼굴이 벌게졌다. 속으로 어떡하지 어떡하지만 연발하다 결국 사람들을 비집고 빨리 내려버렸다. 집까지 가지 못하고 중간에서 내려버린 것이다. 유난히 추웠던 어느 겨울날, 눈이 펑펑 내리던 겨울날. 나는 택시를 잡고 집으로 향했다. 그날을 잊지 못한다.

코를 찌르는 냄새를 맡고 나니 번뜩 그 생각이 났다. 나에게도 그런 시절이 있었지. 냄새난다며 욕먹었던 그 수치스러운 순간. 그날을 복기하며 그 사람에게 뭐라 하는 건 아니라는 생각이 들었다. 비록 멀미가 날지라도 그 사람에게 어떤 사정이 있는지는 모르는 것이니 참기로 했다. 뭐 친구랑 술 한잔하고 집에 들어가는 걸 수도 있지. 그 자체를 이상하게 여겨서는 안 된다는 생각이었다. 안주는 고갈비를 잡쉈나. 냄새가 비릿하네. 이런 생각들을 해봤다. 자가용이 없는 사람들은 어쩔 수 없는 노릇이다. 요즘 치킨, 피자야 다들 배달로 시켜 먹지만 가끔씩 포장해서 버스에 타는 사람들도 있다. 그럼 그 사람들에게 뭐라 할 것인가. 뭐라 할 수는 없는 것이다. 자식들에게 줄 음식을 바리바리 싸 들고 대중교통에 올라선 사람들을 뭐라 할 수 있을까. 단지 냄새가 난다고 해서 성을 내야 하는 것일까. 그건 아닌 것이다.

각자에게 다 사정이 있다. 그것까지 우리가 어떻게 알겠나. 이해하고 유하게 넘어갈 줄도 알아야지 않겠나. 냄새가 난다고 무작정 욕하지 말고 피하지 말자. 분명 어떤 이유가 있을 것이다. 단지 냄새가 난다고 해서 나처럼 상처받는 사람은 없었으면 좋겠다.

주말을 바라보며 사는 사람

주말만 바라보며 사는 사람이 있다. 보통은 평일에 일하고 주말에 쉬니 주말만을 목 빠지게 기다리게 마련이다. 평일에 쉬는 사람은 평일 쉬는 날을 기다리겠지. 우리나라 노동량이 다른 국가에 비해 상당하니 어쩔 수 없다. 주 5일 동안 뼈 빠지게 일 하는 데 쉴 시간은 필요하지 않은가. 평일에 일한다는 기준으로 얘기하자면 평일에 너무 많은 시간을 몰아서 노동하고 주말에 잠깐 쉬는 건 좀 불합리하다는 생각이 든다. 다른 국가들처럼 주 4일제를 시행한다든지 평균 노동 시간을 줄이면 참 좋겠는데 말이다. 개인적인 생각으로는 우리나라는 아직 그렇게까지 되기엔 먼 것 같다. 그래서 아침에 출근하는 이들을 보면 짠하다. 같은 전우애를 느끼기도 하고 남의 돈 버는 게 이렇게 힘들다는 걸 매번 느낀다는 것도 웃기고도 슬프다. 그러니 주말만 바라보고 살 수밖에. 그런데 참 슬프게도 주말은 항상 너무 빨리 지나간다. 웃긴 게 시간이란 게 지루하면 참 안 가고 즐기려고 하면 후딱 가 있다. 더 웃긴 건 아무것도 안 하고 가만히 있어도 시간이 빨리 간다. 내가 그걸 느낀 사람이다. 평일에 너무 시달려서 쉬는 날 아무것도 안 하고 침대에 누워만 있어도 금방 밤이다. 시간은 누구에게나 똑같이 주어지는데 왜 상황마다 다르게 흘러가는 걸까. 주말만을 바라보고 일하기에 평일은 너무나 길고 지루하다. 지루할수록 시간은 더디게 흘러간다. 우리는 참 불쌍한 노동자에 불쌍한 처지다. 그런데 이렇게만 생각하면 마음이 힘들고 고생만 하는 것 같다는 생각에 어감을 바꿔보기로 했다. 나는 주말만 바라보며 사는 사람이 아니고 주말을 바라보며 사는 사람이라고. 주말만 바라보며 사는 사람은 너무 주말에 집착하는 사람처럼 느껴진다. 내 삶에 낙이라고는 주말밖에 없는 사람처럼 느껴지기도 한다. 나는 그게 싫었다. 그래서 주말을 바라보며 사는 사람이라고 최면을 걸기 시작했다. 커리어 우먼처럼 멋지게 평일을 살아내고 주말이 다가오면 반갑게 맞이하는 그런 사람. 평일이 왔다고 울적해 하지 말고 평일을 평일답게 살아내고 주말을 두 팔 벌려 반기는 그런 사람이고 싶었다. 때때론 그게 잘 안 되긴 하지만 말이다. 관점을 다르게 바라보면 좀 낫지 않을까 싶어서. 이 팍팍한 삶을 어떻게라도 긍정적으로 바라보고 싶어서.

예전의 나는 회의적이고 비관적인 사람이었다. 근데 그게 나를 갉아먹고 있는 것 같더라. 그래서 습관적으로라도 긍정적으로 바라보려고 노력

한다. 그게 무엇이든. 그렇게 해서라도 살아내려고 한다. 그런 마음가짐 아니고서는 하루하루가 너무 힘들어질 것 같으니까. 마음이 힘들 땐 어투를 바꿔보자. 주말만 바라보며 사는 사람? 아니, 주말을 바라보며 사는 사람. 주말을 바라보며 사는 사람이 되자.

평범한 하루에 특별함 한 방울

매일 쳇바퀴처럼 굴러가는 하루. 매일매일이 똑같은 하루는 우리를 매너리즘에 빠지게 한다. 이건 뭐 번아웃도 아니고 그냥 하루하루를 열심히 살아갈 뿐인데 특별한 일 없을까 하며 가끔은 망상에 빠지기도 한다. 복권이라도 당첨되면 당장 여행이라도 떠날 텐데, 이렇게 일만 하며 살고 있지는 않겠지. 뭐 그런 헛된 희망에 부풀어 가끔은 복권을 사곤 한다. 매일은 아니지만 가끔씩 평범한 하루에 특별한 한 방울을 떨어뜨려 주는 거다. 왜 그런 말이 있지 않은가. 복권 한 장으로 일주일을 버티며 산다고.

그런데 어떻게 보면 참 슬픈 말이기도 하다. 삶에 재미도 없고 어떤 보람도 없으니 그런 말까지 나오는 것 아니겠나. 그래서 내가 하고 싶은 일을 하면서 산다는 게 참 복되기도 하다. 다만 그런 사람이라고 해서 매일이 다 특별한 것도 아니다. 하고 싶은 일을 하면서 사는 사람도 매일 똑같은 일을 해내야만 하고 성과를 내야 한다. 하는 일만 다를 뿐 쳇바퀴 같은 생활을 하는 건 같다는 것이다. 매너리즘에 빠지지 않는 가장 쉬운 방법이 있다. 일상 속에서 아주 조그마한 것이라도 특별함을 찾으면 된다.

  한번은 급한 약속이 있어 택시를 타야 했다. 택시를 잡아서 탔는데 택시 기사 아저씨가 꼭지가 달린 화가 모자 같은 걸 쓰고 있는 것이다. 내가 보통 봐왔던 택시 아저씨와는 느낌이 달랐다. 보통은 모자를 쓰지 않는데. 뭔가 꾸몄지만 꾸미지 않은 듯한 요즘 말로 꾸안꾸 느낌이었다. 그게 인상에 깊이 남는다. 그래서 그때는 나도 모르게 아저씨에게 말을 걸었다. "모자를 좋아하시나 봐요. 모자가 정말 예쁘네요." 택시 아저씨는 이런 말을 들을 줄은 몰랐다는 듯이 흠칫 놀라는 듯하면서 웃으며 대답했다. "매일 혼자서 일하는데 얼마나 심심합니까. 그냥 평범한 일상에 특별하게 모자 한번 써 봤습니다. 예쁘지요? 이제는 이런 모자가 벌써 여러 개입니다." 그때부터 택시 아저씨의 모자가 몇 개인지 어떤 색깔이 있는지 왜 하필 꼭지가 달려있는 화가 모자인지 스토리를 듣게 되었다. 아, 왜 하필 꼭지가 달려있는 모자를 택했냐면 단순히 귀여워서라고 대답했다. 나는 그 대답이 더 귀여워 풋 웃음이 났다. 택시 생활이 얼마나 따분하면 저런 생각을 했을까 싶기도 했다. 택시는 돈을 못 번다며 아버님이 택시 한다고 하면 말리라는 소리도 덤으로 들었다. 여기서도 사람 사는 거 다 똑같다는 걸 느꼈다. 다들 자기가 하는 일 한다고 하면 말리더라. 이 또한 얼마나 지겨우면 그럴까 싶기도 하다.

　무튼 택시 아저씨 덕분에 즐거운 대화를 마치고 약속 장소에 도착했고 그 짧은 사이에서 이런 생각이 들었다. 나도 평범한 일상에 특별함 한 번 더해볼까. 사는 게 바쁘다 보니 엄청난 특별함은 나에게 선물하지는 못하겠더라. 하다못해 하루 짧은 여행 한 번 못 가는데 어떤 특별함이 있을까 하다가 생각해 낸 게 사진 찍기였다. 난 아직도 길가에 널브러진 우산, 의자, 누가 흘린 과자, 나무에서 떨어진 열매, 지나가는 고양이, 누군가 양심 없이 버리고 간 쓰레기, 인형 등 각종 투척물을 사진 찍는다. 왜 그런지는 모르겠다. 그 모습이 처량해 보여서 일 수도 있고, 그게 나와 같은 동질감이 느껴져서 일 수도 있고, 내 무의식이 그런 모습을 찍게 한다. 그런 걸 찍으면서 혼자 키득대기도 하고 공유하고 싶은 건 블로그에 올리기도 한다. 이제는 그런 사진을 찍는 게 습관이 된 것 같다. 왜 하필 길가에 버려진 것들인지는 아직도 모르겠다. 한마디로 간단히 말하자면 그것도 삶의 일부니까라고 말할 수 있을 것 같다. 나는 아무도 눈길도 주지 않고 쳐다보지도 않는 것들에 특별함을 불어넣어 주고 있다. 그러니 나는 이미 특별한 사람이 된 것이 아닐까.

보이는 것보다 보이지 않는 것에 집중하기

외모지상주의, 빈부격차가 심해지고 물질만능주의가 팽배한 이 시대. 예뻐야 하는 건 기본이고 값비싼 명품은 하나쯤은 가지고 있어야 하는 이런 시대. 부를 과시하며 관심을 받으려고 하는 사람들. 본인이 예쁘고 능력이 있어서 많은 부를 가지고 있다면 자랑해도 누가 뭐라 하랴. 자기가 그러고 싶다는데. 그런데 자꾸 그런 모습만 보이면 거부감이 느껴진다. 나만 그런가. 반감이 생긴다. 예쁜 건 나도 눈이 달려서 알겠고, 돈이 많은 건 차림새를 보니 알겠다. 그런데 좀 겸손해질 수는 없는 걸까. 우리 사회는 어쩌다가 이렇게 보이는 것에 중요하게 생각하게 됐을까. 이제 막 뜨는 스타들이 수십억의 건물을 산다는 기사들을 볼 때마다, 상품과 전혀 상관도 없는 연예인이 나와 광고를 찍으면서 활짝 웃는 모습을 볼 때마다 이상한 기분이 든다. 이런 것 때문에 사람들이 더 허탈해 하는 게 아닐까.

　사람들이 점점 본질을 잃어가고 있는 것 같다. 정작 인생에서 중요한 게 뭔지를 잊어버리는 것 같다. 관심받고 싶은 욕구와 과시욕도 왜 생기는지는 알 것 같다. 나도 소심한 관심 종자이기 때문에 어느정도 이해는 한다. 그런데 우리는 그것보다 더 중요한 게 있다. 외모, 돈, 명예가 아니다. 중요한 건 눈에 보이지 않는 것들이다. 사랑, 시간, 떳떳함, 순수함, 온전함, 평온함, 작은 것에도 감사할 줄 아는 마음. 탐욕을 부르기보다 선한 것들. 선한 것들이 마음을 정화시킨다. 그리고 선한 것들이 우리를 지킨다. 우리를 더욱 좋은 사람이 되게 한다. 그런데 요즘 사회가 돌아가는 것을 보면 반대로 되어가고 있는 것 같다. 각종 SNS에는 잘나가는 연예인들만 잔뜩 나오고 그걸 보고 따라 하는 사람들도 적지 않으며, 사람들에게 관심을 받으려고 무리한 행동을 하는 사람들도 많이 보인다. 그런 게 너무 많아져서 그런지 이제는 SNS를 하기가 싫다. 내가 필요할 때 빼고는 SNS를 거의 하지 않는다. 점점 보기가 싫어진다. 추구하는 게 사람마다 다르겠지만 나는 돈과 명예에 눈이 멀어 나의 소중한 것들을 놓치기 싫다. 글도 그중 하나다. 글은 솔직하고 순수하다. 나만의 언어로 세상의 모든 표현을 할 수 있다. 글만 쓰기에도 바빠서 SNS나 티브이 같은 건 볼 시간도 없다. 그런 걸 볼 시간도 아깝다. 내가 가치를 두고 있는 것에 푹 빠져 있는 것이다. 탐욕적인 건 나랑 애초에 어울리지 않는다. 돈이 아무리 많아도 그런 걸 과시할 성격도 되지 못한다.

한편 이런 사람들도 있다. 어느 기업의 억만장자들이 있다. 그들의 공통점을 보면 과시를 하지 않는 것. 옷차림에 그리 신경을 쓰지 않는다. 누가 보면 평범한 사람보다 더 거지처럼 입고 다닌다. 보풀이 일어나 누더기가 된 옷들 입고 다니는 것이다. 그래도 그들은 그걸 부끄러워하지 않는다. 왜? 과시할 필요가 없다고 생각하니까. 진짜로 가져본 사람들은 더 중요한 걸 잊지 않는다. 이미 돈이 다라고 생각하지 않다고 깨달은 것이다. 희한하게 꼭 애매하게 부자인 졸부들이 더 과시를 한다. 그렇게 해서 눈길 하나 더 끄는 게 무슨 소용인가. 내 마음이 꽉 차 있어야 진정으로 풍족한 게 아닐까. 그래서 알아야 하는 게 있다. 진짜 부자는 부자 티를 내지 않는다는 것. 그래서 사람을 외모로 평가하면 안 된다.

예를 들어 명품관에 들어갔다고 해보자. 흔히들 겪는 것이 쫙 빼입고 명품관에 들어가면 대우를 잘 해주고 허름하게 입고 가면 대우를 못 받는다더라 하는 얘기가 많다. 이것도 매우 잘못된 행태다. 진짜 부자들은 눈에 보이지 않은 것들을 더욱 명확하게 인지하고 있다. 오죽하면 돈보다 소중한 건 시간이라고 강조하겠는가. 내가 이십 대로 돌아갈 수 있다면 억을 줘서라도 돌아가고 싶다고 하는 게 그들이다. 더 중요한 건 눈에 보이는 것보다 보이지 않는 것들이다. 보이는 것보다 보이지 않는 것들이 내 인생에 더 남는 게 많을 것이다.

아침형 인간과 올빼미형 인간

당신은 아침형 인간인가 올빼미형 인간인가? 난 전형적인 올빼미형 인간이다. 낮의 밝고 시끄러운 분위기가 적응되지 않는다. 눈부신 것도 싫고, 앞을 가로막는 사람들의 발걸음도 싫다. 밤의 어둠과 고요한 새벽의 그 시간이 나의 성향에 딱 맞는다. 사색하기 좋은 시간이다. 그래서 글도 주로 밤에 많이 쓰곤 한다. 늦게 잠들어서 아침에 일어나는 게 좀 골치 아프긴 하지만 말이다. 그래도 그걸 감수할 만큼 새벽 시간이 좋다.

아침형 인간은 나에게 참 신기한 존재이다. 아침에 눈이 잘 떠지는지, 아침에 활동하는 게 좋은지 궁금하다. 아침형 인간에게 물어본 적이 없다. 아침형 인간은 아침 일찍 일어나서 자기 취미 생활을 하고 나서 출근을 하더라. 정말 대단하다. 특히 아침에 운동하거나 독서 모임, 언어 공부 모임 등 자기 계발을 하고 나서 출근하는 사람들을 보면 존경스러울 지경이다. 그게 어떻게 가능한가. 출근해서 일을 할 수 있을지 걱정이 된다. 하지만 그들은 나와 다른 아침형 인간이기 때문에 해낼 수 있겠지. 나는 꿈도 못 꿀 아침형 인간.

가끔은 그들이 부럽다. 이 세계의 시간은 아침형 인간에게 최적화되어 있으니까. 아침에 일하고 밤에 자는 게 규칙처럼 정해져있으니까. 나는 밤에 일하고 아침에 자는 게 맞는 사람이라 아침에 일어나는 게 너무 힘들다. 아침형 인간들도 아침에 일어나는 게 힘든가? 힘들지만 아침이 좋으니까 일어나는 건가? 아침형 인간들에게 묻는다. 아침이 좋으니까 일어날 수 있는 건가? 아니면 시간이 그때밖에 나지 않아서 일어나는 건가? 진심으로 궁금하다.

이런 거 보면 우리나라 사람들 너무 열심히 산다. 시간을 어떻게든 쪼개서 하고 싶은 걸 하고 배우고 싶은 걸 배운다. 그게 아침 일찍 새벽이든, 퇴근하고 나서든 말이다. 대단한 한국 사람들. 세계에서 우리나라 사람들이 제일 부지런하지 않을까 생각하기도 한다.

프리랜서들을 보면 부러운 생각도 든다. 그들은 일하고 싶을 때 일하면 되니까. 물론 그들도 그들만의 고충이 있겠지. 마감기한이 되면 마음대로 일하고 싶어도 그러지 못할지도 모른다. 아침이든 밤이든 가릴 것 없이 하루 종일 일에만 매달릴지도 모른다. 그래도 자유라는 게 있는 것이 부럽다. 가끔은 나도 프리랜서가 되고 싶다는 생각이 든다. 하지만 어떤 프리랜서들은 말하겠지. "프리랜서가 그렇게 쉬운 게 아닙니다. 프리랜서 제발 하지 마세요." 하고. 뭐든 쉬운 게 없다는 거 안다. 겪어보지 않고는 모르겠지. 나는 겪어보지 않았으니 그들의 말을 받아들이겠다. 그냥 생각만 해본 거다.

아무튼 나는 올빼미형 인간이다. 다들 자고 있는 그 시간이 매력적이다. 다들 자고 있는데 이 세상에 나만 깨어있는 것 같은 시간. 나만 존재하고 있는 것 같이 느껴지는 그 시간. 집중도 이상하게 그때가 더 잘 된단 말이지. 이런 사람도 있다. 아침형 인간, 올빼미형 인간 말고 또 다른 부류의 사람도 있을까. 생각해 본다. 세상에는 다양하게 사는 사람들이 많으니까.

이제 집순이도 인정 받는 거죠?

한창 집순이 붐이 일어났을 때가 생각난다. 그때 "어! 저거 난데!" 했던 기억이 난다. 나와 비슷하게 생활하는 사람이 있다니 묘한 동질감이 느껴지기도 했다. 워낙 돌아다니기 좋아하는 일명 역마살이 낀 사람들은 집순이들을 이해하지 못했다. "아니, 밖에 볼 것도 많고, 놀 것도 많은데 답답하게 어떻게 집에만 있을 수가 있어? 여행도 좀 다니고 해야 충전이 되지." 하기도 했다. 이제는 알지 않은가. 세상에는 다양한 사람이 있다는걸. 다른 식으로 사람을 분류하자면 크게 집순이형과 밖순이형이 있는 것 같다. 나는 그중 집순이에 대해 이야기해보고 싶다.

내가 경험한 집순이들은 대게 내향인들이 많은 것 같다. 외향적인 사람들은 집에 가만히 못 있더라. 그래서 그런가 외향적인 친구들 곁에 있으면 여기저기 끌려다니기 바쁘다. 그래도 덕분에 모처럼 나들이라도 할 수 있어서 좋다. 금방 방전되어서 그렇지. 조용한 내향인들은 어디 갈 생각을 하지 않는다. 일이 끝나면 무조건 집이다. 집이 유일한 안식처이며 안전 기지이다. 집에 빨리 안 들어가면 큰일이라도 날 것처럼 걸음을 재촉한다. 그래서 나도 다른 사람들보다 걸음이 빠르다. 집에 빨리 들어가려고.

집순이 형에도 크게 두 부류로 나뉜다. 침대 일체형과 사부작형이 그것이다. 침대 일체형은 침대와 한 몸이 되어서 아무것도 안 하고 누워만 있는 그런 유형이다. 내가 여기에 해당된다. 오죽하면 휴대폰에 오늘의 걸음수가 여섯 걸음이 찍힐 정도니까. 그저 가만히 있어도 좋은 것이다. 쉬는 날 꼭 해야 할 일을 하는 것 외에는 누워서 휴대폰만 보고 있는 것이다. 휴대폰으로 할 수 있는 것들이 얼마나 많은가. 누워서 글도 쓸 수 있다. 그렇다면 굳이 움직일 필요가 있나 싶은 거다. 심지어 움직이기 싫어서 방 안을 어지럽히지도 않는다. 어지럽히면 청소해야 하고, 청소하려면 또 움직여야 하니까. 깔끔한 성격이라 어지럽히지 않는 게 아니라 움직이기 싫어서 어지럽히지 않는다. 그래서 내 방의 물건들은 다 각자의 자리가 있다. 한 가지 비밀이 있다면 방바닥에 떨어진 머리카락은 적당히 무시한다. 아무튼 집순이들은 이렇게 산다. 침대에도 머리맡에 두는 물건들이 따로 있다. 침대 안에서 모든 걸 할 수 있도록. 나 같은 경우 휴대폰 충전기는 침대 옆에, 책들은 베개 옆에, 립밤이나 머리끈 등 각종 잡동사니는 침대에 달린 헤드 위에 놓고 동선을 최소화한다. 진짜 귀찮을 때는 밥도 먹지 않는다. 이것이 진정한 침대 일체형의 삶 아닌가. 공감하는 사람 있으리라 생각한다.

　반면 집순이 중에서도 사부작형이 있다. 집에만 있되 침대 일체형과 반대로 사부작사부작 움직이는 거다. 그게 밖이 아니라 집일뿐이다. 집에서도 온갖 할 일을 다 한다. 청소를 좋아하면 대청소를 하고, 가구 배치도 이렇게 저렇게도 해본다. 취미 생활도 한다. 홈트레이닝이나 홈베이킹 등 다양하다. 퍼즐이나 블록을 맞추기도 한다. 또는 새로운 요리를 만들어 보거나 하는 그런 유형이다. 집순이도 유형마다 다르다. 같은 집순이지만 나는 이런 사부작형이 신기하다. 보통 집순이들은 밖에서의 에너지 소모가 싫어서 집에만 있게 되는 게 시작이다. 그런데 사부작형들은 집에서의 에너지는 있나 보다. 그럴 에너지가 생기나 보다. 나는 말 그대로 시체처럼 있는데. 이제는 뭐 소식좌니 뭐니 적게 먹는 사람들이 떠오르는 것 같던데. 이런 거 보면 사람 참 다 다르다는 생각이 든다. 집순이는 이제 받아질 대로 받아들여지지 않았나. 그러니 집순이를 건드리지 마라. 집순이 같으면 가만 내버려 둬라. 집순이라고 해서 그들의 집으로 찾아가는 일도 하지 마라. 놀러 온다고 하지도 마라. 그냥 내버려 둬라. 그들은 누군가와 함께할 에너지는 없다. 그냥 가만히 내버려 두면 된다. 안보일 때는 가만히 쉬고 있구나 생각하면 된다. 걱정도 하지 마시라. 집순이들은 생각보다 아주 잘 있다. 어쩌면 다른 사람들보다 더 행복하게 집에 있을 수 있다. 이게 집순이들의 유일한 쉼이며 행복이다.

아무것도 하기 싫을 때

다들 아무것도 하기 싫을 때가 있을 것이다. 아무것도 하기 싫을 때 많지 않은가. 난 진짜 많이 있는데. 사람이 많지 않은 어디 한적한 곳으로 떠나 아담한 집을 짓고 유유자적하게 사는 게 훗날의 꿈인데. 그건 나중 일이고 지금은 젊으니까 하기 싫어도 일을 해야만 한다. 지금이야 하고 싶은 일을 하고 사니까 그리 힘들지 않게 버티며 사는 거지 억지로 해야만 하는 일을 하면서 버티는 삶이란 얼마나 힘들까.

예전에 공장에서 일했던 일이 생각난다. 제과제빵 자격증을 따고 난 이 길로 한번 가보겠어 하고 호기롭게 갔다고 호되게 혼났던 그 공장이 생각난다. 그 공장은 컨베이어 기계를 쓰는 공장이었다. 거기서는 내가 기계인지 기계가 나인지 모를 만큼 혼미한 정신으로 일했었다. 아침 일찍 일어나 비몽사몽한 정신으로 일단 통근 버스에 오른다. 그리고 방진복으로 옷을 갈아입고 위생을 위해 장갑을 하나씩 낀다. 그러고 들어가는 순간부터 내가 기계가 되는 것이다. 잠도 아직 깨지도 않은 상태에서 빵은 쏟아져 나오고 나는 그 수많은 빵에 둘러 싸여 빵틀에 빵을 집어넣는 일을 해야만 했다. 순간 찰리 채플린이라도 된 줄 알았다. 잘못 하면 혼나며 참 서럽게 돈 벌었었다.

그것보다 더 한 곳도 있다 주로 남자들이 일하는 곳인데 빵을 찍어내는 기계 쪽으로 가서 일을 하면 등과 가슴골에 땀이 주르륵 흐를 정도로 더운 곳이었다. 그곳으로 가게 되면 그날은 끝장인 것이다. 무거운 철판을 들고 기계에 하나씩 꽂는다. 그럼 빵틀에 빵 반죽이 짤에서 쭈욱 나온다. 가만히 서 있는 것도 힘든데 기계처럼 철판만 계속해서 꽂아야 하는 것이다. 이건 시간이 진짜 안 간다. 하는 일이라고는 철판만 기계적으로 꽂는 일밖에 안 하니까. 게다가 철판이 또 엄청 무거워서 어깨와 팔에 상당한 무리가 간다. 하마터면 오십견에 걸릴 뻔했다.

또 다른 어마 무시한 곳은 그 빵이 익어서 빵틀에서 빵이 구워지면 그 틀을 또 닦아야 하는 곳이었다. 거기서는 고무장갑을 끼고 빵틀 구석구석을 빵찌꺼기가 없이 하나하나 기름칠해가며 닦아줘야 한다. 무거운 것도 어마 무시한 데 닦는 것도 더럽게 안 닦인다. 기름칠을 너무 많이 하면 또 핀잔을 받는다. 여기서 일하는 날은 얼굴이 하얗게 질려서 점심시간에 밥 먹으러 갈 힘도 나지 않는다. 점심시간이 한 시간이니 그 시간에 밥 먹고 이 닦고 다시 방진복 입고할 시간에 누워서 자는 게 나았다. 점심시간만이 유일한 낙이었고 그 시간만을 애타게 기다렸던 기억이 난다.

이렇게 공장식으로 돌아가는 일터는 잠시 숨을 돌리고 싶어도 쉴 수도 없다. 힘들지만 돈 하나만 보고 버텼다. 사무직으로 돌아갈까 생각도 해봤지만 내 마음이 타협해 주지 않았다. 사무직은 그래도 눈치 보면서 틈틈이 쉴 수는 있겠지만 숨이 막힐 것만 같아서. 마침내 그 공장을 나오고 나서는 하고 싶은 거 하며 지내니 그제야 숨통이 트이더라. 돈은 조금 벌지라도 편하게 일하니 한결 낫기도 하고. 쉴 시간도 많으니 아무것도 하기 싫을 때 침대에서 절대로 내려오지 않았다. 누워서 낮잠 한숨 거나하게 자거나 글을 쓰기도 했다. 좋아하는 음악을 틀어놓고 집안일을 하기도 하고 또 어떤 영감이 떠오르면 글을 쓰고 그러다 적당히 일하러 가는 삶. 공장에 나와서 이렇게 사는 삶에 만족했다.

사실 공장에서 퇴사한 후 아무것도 하기 싫었다. 당분간은 쉬고 싶었다. 고생했으니까 나에게 주는 보상으로 며칠은 아무것도 안 하고 집에만 있고 싶었다. 그래서 하루 이틀 쉬어봤는데 시간만 아깝더라. 아무것도 하지 않으면 아무 일도 일어나지 않는다고 하지 않는가. 갑자기 이 흘러가는 시간을 허투루 보내지 말자는 생각이 들었다. 그래서 일은 하되 적당히 파트타임으로 하고, 남은 시간 동안은 자거나 쉬거나, 취미 생활을 하는 식으로 나 하고 싶은 일을 하자 싶었다. 그럼 하루가 그리 나쁘지만은 않을 것 같은 생각이 들었다. 그래서 실행에 옮겼다.

어쩌면 공장처럼 타이트하고 무리한 일정이 나에게 독이 된 것 같다. 사람은 뭐든 적당히 해야 한다. 일이든 운동이든 먹는 거든 뭐든. 적당히 그 균형을 맞추는 일이 너무도 중요한 것 같다. 그래야 뭐라도 할 힘이 생기고 이것도 해보고 저것도 해볼 생각이 나지 않겠는가.

요즘 회사는 거의 9-6 이니까 노동시간이 상당해도 퇴근 시간에는 자기 취미 생활을 하는 이들이 적지 않다. 다 즐겁게 살려고 하는 것이다. 아무것도 하기 싫을지라도 자기가 좋아하는 일이라도 하면서 움직여보려고. 하루를 알차게 살아보려고.

나는 정말 아무것도 하기 싫고 꼼짝도 하기 싫은 날은 일부러 주변 사람들에게 내가 가고자 하는 방향이나 꿈을 얘기하고 다니기도 한다. "나 나중에는 내 책을 내는 게 꿈이야. 작가가 되고 싶어. 유명하지는 않아도 나를 표현할 수 있는 작가. 언젠가는 꼭 책을 낼 거야. 나 카페도 차려보고 싶어. 경험도 많으니까 준비만 잘 하면 가능하지 않을까. 몇 년간 돈을 모으면 작은 카페 하나 정도는 차릴 수 있지 않을까. 그렇게 살고 싶어." 일부러 나 이거 할 거다 하고 말하고 다니는 것이다. 그리고 내 방에 잘 보이는 곳에 그 꿈을 이루기 위한 계획을 적어 놓는다. 한 달에 얼마 저금하기, 글 꾸준히 읽고 쓰기, 짧아도 매일 쓰기, 일 년에 적어도 얼마 저축해 놓기, 무슨 자격증 따기 등 구체적으로 적어 놓는다. 사실 이건 구체적인 것도 아니다. 더 디테일하게 쓸 수도 있지만 그러다간 온 방 안이 포스트잇 천지가 될 것 같아서 이 정도로만 적어 놓았다. 마치 다 이룰 것처럼. 무슨 시크릿처럼 훗날은 난 저 목표를 다 이루고 내가 원하는 걸 하기 위해 단단히 준비를 할 거야 주문을 거는 것이다. 지금은 어떻게 되었냐고 묻는다면 한두 개 빼고는 다 이뤘다. 눈에 자꾸 보이니까 되긴 되더라. 신기하다. 이게 진짜 시크릿인가. 아니면 나도 모르는 믿음이 생겨 그게 날 움직이게 하는 것인가. 일부러 나 이런 걸 하고 다닐 거야라고 말했으니 그 약속을 지키려고 나도 모르게 애쓰고 있었던 건 아닐까. 이 모든 이유가 섞여 있을 수도 있겠지. 나는 최소한 나와의 약속을 지키고 싶었으니까.

요즘은 아침에 일어나 가게에 나가 글을 쓰는 루틴이 생겼다. 올빼미형 인간이 아침부터 일어나서 글쓰기란 쉽지 않았다. 그런데 이것도 며칠 해보니까 하루 안 하면 기분이 이상하고 꼭 해야 할 것만 같아서 이제는 습관이 되었다. 지금 이 글을 쓰고 있는 시간 모두 아침이다. 그래서 글을 쓸 때 항상 눈이 반쯤 감겨있다. 아침에 일어나기가 너무 힘들지만, 아까 한 말처럼 아무것도 안 하고 싶지만 원하는 게 있다면 움직여야 하니까 그래도 나간다. 나가서 뭐라도 끄적인다.

글을 쓰는 시간은 고단하고 고독한 시간이다. 눈은 반쯤 감겨도 손가락은 움직이고 있다. 몸은 무거워도 손가락만큼은 가벼워야 한다. 엉덩이를 무겁게 하고 네모난 노트북 창을 바라본다. 눈은 감겨있지만 머리는 빠르게 굴러가고 있다. 누가 보면 가만히 앉아 있는 사람처럼 보일 수 있겠다. 실제로 저 사람 뭐 하는 거지 쳐다보며 지나가는 사람도 있다. 하지만 치열하게 글짓기 중이다. 나는 밥이 아닌 글을 짓는 쿠쿠다. 취사는 언제쯤 완료가 될까. 아직 잘 모르겠다. 가늠이 안 간다. 그래도 한다. 내가 하고 싶은 일이니까. 가끔은 아무것도 하기 싫은 날이 있더라도 습관처럼 써 내려가다 보면 어느새 "맛있는 글이 완성되었습니다."라는 음성이 들리기를 바라는 마음으로.

제8장
어른이 되어가고 있는 중입니다

작은 것에 흔들리지 말 것

사람의 마음은 갈대 같아서 이리 흔들리고 저리 흔들린다. 또 사람의 마음은 파도와 같아서 이리 휩쓸리고 저리 휩쓸린다. 그래서 마음의 평정을 찾기 쉽지 않다. 큰일 앞에서는 아무리 단단한 사람이 무너지기 마련이다. 단지 어른이라는 이유만으로 태연한 척할 뿐이다. 큰일 앞에서 아무렇지 않고 침착할 사람이 몇이나 있으랴. 삶은 우리가 원하는 대로 흘러가지 않는다. 그 사이사이 삶이 우리에게 작고 큰 시련을 주면서 우리는 그렇게 조금씩 단단해져간다. 조금씩 세상의 때가 묻어가는 과정이라고도 할 수 있겠다.

우리는 작은 일에는 침착할 필요가 있다. 크고 작은 시련의 파도 위에서 유유히 수영할 줄도 알아야 한다. 작은 일은 그저 스쳐 지나가는 파도 바람과 비슷한 거라고 보면 된다. 바람은 금방 지나가니까. 별거 아니라는 듯이 그저 무심히 지나치면 된다. 가끔 보면 작은 것에도 쉽게 흔들리는 사람이 있다. 보고 있으면 참 딱하기도 하고, 경험이 없어서 헤매는 것 같아 예전의 내 모습을 보는 것 같다.

사람들이 날 싫어할까 봐 거절하지 못했던 시절이 떠오른다. 대학 새내기 때 내 아르바이트 하기도 바쁜데 선배의 단기 아르바이트 권유를 거절도 못 했다. 사실 그때 잘 몰랐던 분야라 하기 싫었는데 겨우 시간을 내서 일했던 기억이 있다. 잘 몰라서 헤매느라고 일도 제대로 못 해서 실수도 참 많이 했었다. 돈 받기도 민망해서 안 받으려 했더니 아니라고 받아야 한다며 손에 꼭 쥐여줬던 몇만 원이 잊히지 않는다. 나를 이용하려는 사람들이 불순한 목적으로 다가와도 긴가민가하면서 받아줬던 기억도 있다. 나쁜 사람인지도 모르고 사랑이라 믿었다. 바보 같은 나는 한참이 지나서야 깨달아 인연을 끊은 적도 있다. 그때는 경험도 없고 너무 어려서 사람 보는 눈이 없었던 것이다.

그때는 내가 없었다. 나보다 상대방을 위했다. 지금 생각하면 참 바보 같은 생각이다. 어쩌면 대학생이라는 신분은 이런 경험, 저런 경험을 하며 나라는 사람이 누구인지 정체성을 찾아내는 시간인데 나는 대학 신분 내내 그러지를 못 했다. 시간만 낭비했던 것이다. 그때 생각하면 참 철도 없고 다시는 돌아가고 싶지 않다. 돈을 준다고 해도 싫다. 그때처럼 젊어진다고 해도 싫다. 나라는 사람을 명확히 아는 지금의 내가 훨씬 좋다. 나이는 따위는 관심 없다.

나만의 줏대가 필요하다. 나를 위할 줄 알아야 한다. 싫은 건 싫고 좋은 건 좋다고 말할 줄 아는 확고함과 명확함이 필요하다. 그래야 거절도 잘 할 수 있다. 어떻게 보면 이것도 나를 지키는 것이다. 나는 해산물이 싫다고 말 할 줄 아는 것처럼 싫다고 말하는 것도 여러 번 해봐야 훈련이 된다. 거절을 한다고 해서 나를 싫어할 사람은 없다. 뭐 잠깐 실망할 수는 있겠지만 그건 그 사람 사정이고. 거절한다고 해서 날 싫어할 사람이면 그 사람을 버리면 된다. 거절에 의연해야 한다. 그래야 흔들리지 않고 휩쓸리지 않는다. 어떤 순간이 오든 파도 위에 서핑을 타는 사람처럼 중심만 잡으면 된다. 호랑이 굴에 들어가도 정신만 차리면 된다는 말이 있지 않은가. 더 큰 일이 와도 의연하게 해결해 낼 수 있을 것이다.

기다리고 기다려야

앞서 뭔가 이루려면 때가 있다는 말을 했다. 그 때를 기다리기란 참 힘들다. 아무것도 보이지 않는데 나에게도 기회라는 게 올까, 그 때라는 게 언제일까, 감을 잡기란 쉽지 않다. 인간의 삶은 어떻게 풀릴지 모르기 때문에 일단을 살아보라는 말이랑 같은 이치이다.

"살다 보면 다 그 때라는 게 오더라, 너만의 꽃이 피는 시기가 있더라, 너의 전성기가 올 거야."

이런 말 들어보지 않았는가. 그래서 그걸 경험해 본 사람들은 묵묵히 그 기회를 잡기 위해 포기하지 않고 하루를 열심히 살아보라는 거다. 너무 멀리 보면 또 지치니까. 누구는 그 때가 이른 나이에 올 수도 있고, 중년쯤에 올 수도 있고, 말년에 올 수도 있으니까.

그 때라는 건 기다리고 기다려야 하는 인내의 시간이다. 그런데 그 때도 아무에게나 주어지지 않는다. 준비된 자에게만 때가 온다. 그 때를 철저히 준비하면서 기다리고 기다려야 그 때라는 게 내 눈앞에 나타났다는 게 보인다. 이 기회라는 게 되게 웃긴 게 그 때를 마냥 앉아서 기다리다 보면 오겠지 하면 보이지가 않는다. 그래서 준비를 철저히 하라는 거다. 내 때가 오면, 기회가 오면 아주 본때를 보여주지 하는 게 있어야 한다. 내가 아주 너를 잡아먹어 줄 테다, 나는 준비가 다 됐다, 너만 오면 된다 하면서 기다리고 있어야 하는 것이다.

미련한 사람은 조급함에 앞을 보지 못한다. 내 때는 언제 와, 언제 와 하다가 눈앞에 스쳐 지나가는 기회를 놓치기도 한다. 조급해지면 안 된다. 그 조급함에 말려들어가지 말라. 오로지 홀로 나 혼자 칼을 갈면서 기다리고 있어야 한다.

정말 안타까운 경우는 이제 바로 고지가 다 왔는데 포기하는 사람들이다. 등산으로 치면 정상이 코앞인데 힘들다며 포기하고 내려오는 사람들 말이다. 그 고지라는 것도 볼 수가 없는데 어떻게 아냐는 사람들도 있을 것이다. 고지가 보이면 저도 포기하지 않았겠죠 하는 사람들도 있을 수 있겠다. 고지 근처까지 온 사람들은 어떤가. 공통점이 있다. 참을 만큼 참았다. 해볼 만큼 다 해 봤다. 매우 지쳐 있다. 정상까지 거의 다 왔는데 멀쩡할 리가 있는가. 이미 마음의 생채기도 날 대로 나버렸을 것이다. 그 때를 현명하게 잘 견뎌야 한다. 그게 고지가 눈앞에 왔다는 뜻이다. 나도 그걸 느낄 때가 있다.

나도 지금 그런 걸 느끼고 있다. 글을 쓰기 위해 기획을 하고 목차를 짜고 하나씩 쓰기 시작하는데 처음에는 글이 술술 써진다. 그러다가 중간쯤 되면 포기하고 싶어지는데 반은 했으니 포기하기 아깝다. 그래서 있는 힘을 쥐어짜서 더 글을 써본다. 이제 고지가 눈앞이다. 조금만 더 쓰면 완성이다. 그런데 그때쯤 에너지가 확 고갈이 된다. 휘날리던 손가락이 이제는 엉금엉금 기어가기만 한다. 거북이가 되어간다. '더 이상 힘이 없어. 조금만 힘을 내면 될 것 같은데 멈춰야 할 것 같아.' 하는 순간 말이다.

그때는 잠깐 쉬어가는 것도 방법이다. 계속 오르기만 하면 나중에 터질 수도 있으니까. 그땐 고지고 뭐고 포기다 포기할 수도 있으니까 내가 좋아하는 음악을 듣든지, 잠을 자버리든지 잠시 쉬어주는 거다. 요령껏 쉬어주면서 정상 앞에서 포기하는 일은 없어야 한다. 나도 이쯤 되면 힘드니까 별생각이 다 난다. 나도 사람이니까. 그럴 땐 단것도 먹어 주고. 에라 모르겠다 하고 한숨 자고 그런다. 그러다 보면 또 정신 차려야지, 움직여야지 하게 될 때가 온다. 그런 식으로 내 스스로를 잘 이끌어 주는 것이다. 당근과 채찍을 써가면서. 나는 방금 힘들어서 좋아하는 노래를 들으면서 몸을 좀 흔들어주고 왔다. 이렇게만 해도 금세 기분 전환이 되더라. 그때 바로 또 글을 쓴다. 참 이렇게까지 해야 하나 싶지만 별수 있나.

일도 그렇고, 사람도, 사랑도 그렇다. 내 마음대로 되지 않는다. 원하는 일이 있으면 미친 듯이 빠져서 달려들고, 원하는 사람이, 사랑이 있으면 주저하지 말라. 당신들이 원하는 기회와 때를 바보처럼 놓치지 말라. 이미 시작했다면 끝을 보기로 약속하자.

아무것도 안 하는 사람, 노력조차 안 하는 사람들은 이 말이 뭔지도 모를 것이다. 그러나 뭔가 하나에 단단히 빠져서 미치도록 해본 사람은 알 것이다. 내가 지금 무슨 말을 하는지. 부디 당신들은 내 말을 이해하는 사람들이었으면 한다.

여기가 천국일까 지옥일까

뒷일도 생각하지 않고 너무 멀리 보지도 않으려 하며 하루하루를 충실히 살아가려고 애쓴다. 그게 정신건강에 좋다는 걸 알고 있으니까. 내가 좋아하는 말. 현재에 머물러라. 삶의 신조다. 어떤 날은 무사히 하루가 지나가면 혼자서 읊조린다. 오늘도 잘 해냈다고. 나 자신에게 고맙고 감사하다고. 애썼다고. 그렇게 하루를 마무리 하고 내일도 오늘만 같기를 바라며 잠을 청한다. 그렇게 하루를 무사히, 무탈히 살아내려 버티고 있는데 그 하루마저 왜인지 잘 풀리지 않을 때가 있다. 마음을 비우고 산다고 해도 눈 뜨고 일어나 보면 일이 터져있고, 하늘이 나한테만 어디 죽어 봐라 하듯이 버거울 때도 있다. 그럴 때면 무작정 무너지기보다는 이성적으로 생각하려 한다. 왜 이 일이 일어났는지 원인을 파악해 가능하면 터진 일을 빨리 메꿔 보려 한다. 풀칠을 덕지덕지하든지, 실리콘을 쫙 막아 놓든지 임시방편으로라도 말이다. 그렇게라도 해 놔서 숨 좀 돌릴 틈을 만들어주고 본격적으로 일을 처리할 시간을 버는 것이다.

예상치 못한 일이 생기면 세상이 나한테 왜 이럴까 생각해 본다. 누구에게나 시련은 있겠지만 가능한 그런 시련은 안 겪었으면 하는 게 사람 아닌가. 왜 하필 나에게 이런 일이 하며 좌절하기도 한다. 긍정적으로 생각하려면 하늘에서 무슨 뜻이 있겠지, 이유 없는 일은 없겠지라고 생각하면서도 여전히 힘든 마음은 어쩔 수가 없다. 그래서 한번은 그런 생각을 해봤다.

사는 게 지옥인가. 사실은 현실이 지옥인데 사람이들이 모르고 사는 게 아닐까. 우리는 한 번 죽은 영혼들인데 사람으로 다시 환생해서 지옥에 던져진 게 아닌가. 그래서 세상이라는 지옥은 이렇게 아등바등 살아야만 버틸 수 있는 곳이 아닌가. 천국은 사실 저 하늘이 아닐까. 그래서 착한 사람은 일찍이 죽음으로 포장되어 하늘로 올라가는 것이 아닌가. 하늘로 간 사람들은 그곳에서 자유로이 행복하게 잘 살고 있는 것이 아닌가. 그들도 이승이 다인 줄 알았는데 하늘로 올라가 보니 사실은 천국이 있었고 그곳이 진짜 사람 사는 곳이라는 걸 알게 된 게 아닐까. 하늘에서 우리를 본다면 얼마나 안쓰러울까. 이런 생각을 잠시 해봤다. 너무 소설 같은가.

나도 죽어보지 않아서 모르겠다. 그런데 천국과 지옥이 있고 환생이라는 게 있다면 정말 그럴 거 같은 거다. 꼭 시련 앞에서는 그 생각이 저절로 떠오른다.

　나 하나 건사하기도 힘든 세상인데 생각지도 못한 일들이 여기서 뻥, 저기서 뻥 터지니 정신이 하나도 없을 때. 세상에 묻고 싶다. 아니 신이 있다면 묻고 싶다. 왜 세상을 이렇게 만들었냐고. 조금만 더 편안하게 살 수 있도록 만들지 왜 이렇게 꼭 애를 써야만 굴러가게 세상을 만들어 놨냐고 말이다.

　생각해 보면 그렇지 않은가. 왜 착하고 성실한 사람이 유독 먼저 하늘로 떠날까. 안타까운 뉴스들이 참 많다. 왜 그렇게 착한 사람들만 골라서 먼저 데려가는지 하늘도 무심하다 생각했다. 그런데 사실은 어떤 신이 당신은 순수하고 착한 영혼이니 편한 하늘로 먼저 올라가서 편히 살아라 하는 게 아닐까. 선택받은 자만이 먼저 하늘로 올라갈 수 있는 기회를 얻는 게 아닐까. 의구심이 든다. 죽어보지 않아서 모르겠다. 누가 좀 알려줬으면 좋겠다. 하늘 위 천국은 진짜로 살만한지. 이승보다 더 나은지 어떤지. 언제 한번은 하늘로 먼저 간 아빠가 꿈에서 나타났는데 생전 입지도 않던 양복을 입고 나왔다. 우리 아빠는 양복 입으며 일을 하는 사람이 아니었는데. 그리고 나한테 금으로 된 키를 주며 이걸 씻어달라고 했었다. 키에는 진흙이 잔뜩 묻어있었다. 꿈에서 깼을 때는 아마 그곳에서는 번듯하게 살고 있는 게 아닌가 했다. 그 키는 금고의 키고 풍족하고 풍요롭게 잘 살고 있는 거라고 믿고 싶었다. 그저 나의 바람이다. 그리고 정말 하늘나라가 궁금해졌다. 그곳은 어떤 곳일까. 이승보다 나았으면 좋겠다는 바람과 함께.

목적 없이 다가오는 사람은 없다

길거리를 지나가다 보면 낯선 사람이 다가와 도를 아십니까 하고 묻는 자주 만나본 적이 있을 것이다. "도를 아십니까, 실례합니다, 인상이 선하신데 말 좀 같이 해요." 하는 사람들을 만나면 짜증이 솟아오른다. 내가 그렇게 만만해 보이나 싶어서. 뭐 말 걸기 딱 좋게 생겼네, 어디 한마디 하면 들어 줄 것 같은데 말이나 걸어 볼까 이거 아닌가. 착한 척하면서 등쳐먹으려고 하는 거 다 아니까 말 걸면 갈 길 간다. 기분 안 좋을 때 그 타이밍에 도를 아십니까를 만나면 경멸의 눈빛으로 째려보고 갈 길 간다. 한 번 더 말 걸면 진짜 죽는다 하는 눈빛으로. 내가 언뜻 보면 선하게 생기긴 했다. 자세히 보면 아니지만. 서울만 가면 그런 사람들을 너무 많이 만나서 오죽하면 무섭게 생긴 얼굴로 태어났으면 좋겠다는 생각도 해봤다. 아주 말도 못 걸게 말이다.

길게 말 안 해도 이들이 다가오는 목적이 있다. 무슨 이상한 종교로 끌어들여 세뇌시키고 돈이나 뜯어내려 하는. 그런데 평범하게 사는 사람들도 따지자면 이런 도를 아십니까와 다를 바 없다. 사람은 다 자기 목적이 있어 만나는 것이다. 친구를 만나는 것, 대학 선후배를 만나는 것, 일로써 만나는 것, 연락도 없다가 뜬금없이 카톡으로 연락하는 사람 등 말이다.

친하지도 않은데 오 년째 연락도 없던 애가 갑자기 결혼을 한다며 모바일로 청첩장을 돌릴 때. 아, 상당히 불쾌하다. 오 년째 연락 없었으면 친구도 아니고 생판 남 아닌가. 뭐 그때 한때의 시절 인연으로 빌붙어 축의금이나 뜯어낼 생각으로 연락하는 건가 싶다. 이런 건 의도가 다분하다. 그렇게 날 생각했다면 연락을 해도 진작 했을 것이고, 이런 경사가 아니고서야 만나도 진작 만났을 것이다. 이런 연락은 과감히 씹어버린다. 이런 식으로 다가오는 사람들에게는 단칼에 잘라버릴 줄 알아야 한다. 예전의 나 같았으면 맹하고 착해 빠져서 축하한다며 결혼식 날 쪼르르 가서 축의금 주고 박수 쳐주고 왔을 것이다. 그러나 지금은 어림도 없지. 난 널 더 이상 친구로 생각하지 않는단다. 누구세요. 남보다 못 한 사람아.

사람을 잘라버리는 걸 이기적이란 생각은 진즉에 버렸다. 나 착하지 않다. 이기적이다. 매우 이기적인 사람이다. 나 또한 목적이 있는 사람이다. 착하다는 말 굉장히 싫어한다. 요즘 세상에 착하다고 하면 바보 같다는 말처럼 들린다. 눈 떠도 코 베이는 세상에서 착하면 등쳐먹히는 세상 아닌가. 난 착한 게 아니라 현명한 거다. 잘 웃어서 보기 좋다며 착한 사람

같다고 오해하지 마시라. 웃는 척하는 거다. 오히려 난 나쁜 사람이다.

또 생각났는데 말만 번지르르한 사람도 믿지 말라. 확실한 사람은 행동으로 보여준다. 나만 해도 카페 준비한다고 할 때 도와준다고 나서겠다고 한 사람 중에서 도와준 사람 정작 한 명도 없었다. 다 내가 준비했다. 팔아준다고 했던 사람 다 어디 갔나. 커피 정성껏 포장해서 택배 보내 줬더니 꿀꺽 먹고 아무것도 없던데. 홍보라도 해주던 사람들 다 어디 갔나. 왜 인터넷에 글 안 써주나. 먹튀 아닌가. 이런 세상이다. 그래서 난 사람을 믿지 않는다. 믿기 싫은 현실이지만 믿어야 할 사람은 나밖에 없다.

진짜는 말보다 행동이다. 도와주는 사람은 돈이라도 쥐여준다. 오픈한 지 얼마 안 됐을 때 진짜로 날 생각해 준 사람들은 한 번이라도 와서 커피 한 잔씩 마시러 오고, 몇 병씩 팔아줬다. 홍보도 해주었다. 참 감사한 사람들. 내가 어떤 일이 생겼을 때 이렇게도 진짜 내 사람과 가짜 내 사람을 구별하게 된다. 어떻게 보면 잘 된 거다. 가짜 사람은 거를 수 있으니까. 그 사람들은 이제 내 안에서 차단이다.

사랑도 그렇다. 사랑을 왜 하십니까 묻는다면 뭐라고 대답할 것인가. 사랑도 내가 행복하려고 하는 것이다. 너무 사랑해서 그 사람을 위해 영혼이라도 팔 수 있을 만큼 좋다는 사람도 있을 것이다. 그것도 내가 원해서 하는 것이다. 그 사람을 위해서는 뭐든 다 놓고 떠날 수 있는 게 사랑이다. 뭐든 해주고 싶어서 죽겠는 게 사랑이다. 그것도 내가 좋으니까, 행복하니까 하는 것이다. 그것도 그 사람을 위해서. 내가 좋지도 행복하지도 않는데 사랑을 왜 하나. 보통 사랑은 목적이 없는 것이라고 하지만 아니다. 있다. 사랑도 나를 위해서 하는 것이다. 상대방을 사랑하니까. 내가 갖고 싶으니까. 상대방 없이 못 산다고 하는 것만 봐도 사랑의 속성은 어쩔 수 없이 이기적인 것이다.

항상 사람을 만날 때 웃으면서 대하지만 실은 다 훑고 있다. 가벼운 날씨 얘기나 상대방을 칭찬하는 그런 얘기들을 늘어놓지만 실은 그 사람의 능력을 보고 있는 거다. 그걸 이용하려고 한다. 상대방이 눈치 못 챌만한 수를 써 이득을 보려고 한다. 이렇게 사람을 이용하는 것이다. 회사 간의 미팅도 그렇지 않은가. 악수하며 서로를 소개하고 자기 능력을 보이고 조건을 제시하고 합의를 거쳐서 진행하는 그런 거. 일종의 소개팅 같은 것이다.

예전이면 몰라도 지금은 이런 수에 넘어가지 않는다. 어림도 없다. 이제 사람 보는 것에 통달했다. 눈빛만 봐도, 한마디 대화만 나눠도 안다. 어떤 사람일지. 이런 게 어른이 되었다는 증거인가. 근데 나도 이렇게까지 사람을 꿰뚫어 보고 싶지 않았다. 세상이 그렇게 만든 걸 어쩌겠나. 나를 지키려면 사람 보는 눈이라도 있어야 하지 않겠나.

연락 횟수가 그렇게 중요한가요

말이 나온 김에 묻겠다. 친구나, 연인 사이에, 연락 횟수가 그리 중요한가. 이것도 사람 성향에 따라, 그리고 경험에 따라 다 다르기 때문에 뭐가 정답이라고 하기가 애매하다. 나는 연락 횟수가 중요하다고 생각하지 않는다. 무소식이 희소식이라는 말이 있지 않은가. 그리고 상대의 안부가 궁금하고, 보고 싶으면 먼저 연락 한 번 하면 되는 것이 아닌가. 나는 연락했는데 저 사람은 나한테 연락 한 번을 안 한다고 토라지는 건 어리숙한 모습이다. 그전에 무슨 일이라도 생긴 건 아닌지 걱정이라도 해보는 게 먼저 아닐까. 아무 일도 없다면 다행이지만 내가 연락 한 횟수를 따져가면서 상대방에게도 연락하기를 바라는 건 강요같이 느껴진다. 사람 성향마다 다르지만 나는 전화 공포증이 있는 사람이고 전화보다 문자를 더 선호하는 편이다. 전화로 해도 되는 걸 문자로 하는 편이다. 그럼 되는 것 아닌가. 그걸 굳이 꼭 전화로 해야 한다는 건 우선순위가 바뀐 것 같다. 나도 상대방도 서로를 생각하고 사랑하는 마음을 충분히 전달하고 앎에도 불구하고 연락 문제로 서운해하고 연연해 한다. 뭐, 서운해하는 것 까지는 이해할 수 있다.

예를 들어 만남을 가지고 나서 집에 잘 들어갔는지를 전화로 하는 사람도 있고, 문자로 하는 사람이 있다고 해보자. "잘 들어갔니, 오늘 만나서 반가웠어, 다음에 또 보자." 를 항상 전화로 하는 사람도 있고, 문자로 하는 사람도 있다. 이걸 굳이 전화로 전하지 않았다고 해서 그 마음이 전해지지 않은 게 결코 아니다. 꼭 전화에 집착하는 사람이 있는데 이건 아니라고 본다. 차라리 전화도, 문자도 안 한다면 그건 어느 정도는 문제가 있다고 보는 편이다.

나를 잘 알고 이해하는 사람은 무조건 문자로 한다. 어떤 상황이든. 하나 예를 들면 상대방이 운전하고 있는 상황이라고 하자. 내가 어디쯤이니 문자 한다. 상대방이 운전 중인 걸 인지하고 충분한 시간을 두고 답장이 오기를 기다리는 편이다. 그럼 상대방은 자기가 짬이 날 때 어떻게든 문자한다. 갓길에 차를 세워서라도 문자 한다. 나 어디야, 다 와 가. 서로 배려해주며 연락하는 것이다.

앞서도 말했지만 중요한 건 눈에 보이지 않는 것, 마음이다. 만나서 상대방에게 집중하고 내 마음을 표현했고 그에 충실했으면 그걸 충분히 느껴줬으면 좋겠다. 중요한 건 마음이고 행동이다. 마음이 있어 행동으로서 만남을 가졌으며 충분히 애정을 표현했다. 연락은 부가적인 문제이다.

연락 문제, 참 힘든 문제이다. 어떤 이는 이것 때문에 헤어지기도 한다더라. 그러나 정작 중요한 걸 보지 못해서 일어난 일 같다. 사실은 헤어질 일도 아닌데 말이다. 나도 그런 소리를 들어본 적 있다. 연락을 너무 안 하는 거 아니냐고. 그럼 그 이야기를 한 당신은 내게 먼저 연락을 했는지부터 생각해 봐야 한다. 꼭 먼저 연락 안 하는 사람들이 연락 연락 거리더라. 진심으로 나를 궁금해하지도 않으면서 나를 생각하는 척한다. 마치 만나고 헤어지면서 "언제 또 보자고!" 하면서 마음에도 없는 인사하는 것처럼 말이다. 나는 그런 빈말을 끔찍이도 싫어한다. 그래서 그런 빈말도 안 한다. 마음에 없는 말 하기 싫다. 그래서 어쩌면 나의 말 한마디가 값진 걸 수도 있다. 그걸 아는 사람들은 내 말 한마디에 귀 기울일 줄 안다.

그래서 그런가 나는 연락에 집착하지 않는다. 사람 자체에 미련을 두지 않은 성향도 있지만 그들의 진심을 알기 때문이다. 그들의 진심을 마주하고 보았기 때문이다. 그러니 굳이 연락이 필요 없는 것이다. 나도 가끔 이상하게 쎄한 느낌이 들 때가 있다. 뜬금없이 특정 사람이 생각난다든지, 무슨 일이 있는 건 아닌지 걱정이 들면 그때는 연락한다. 안부 연락인 것이다. 어떻게 지내니, 무슨 일 없니, 잘 지내고 있는 거니, 하면서. 그때는 이런저런 얘기를 나누다 끊는다. 그런 식으로 나랑 연락해 보면 알지 않을까. 이 사람은 진심이고 걱정하면 연락을 하는 스타일인가 보다. 나를 잊은 게 아닌가 보다. 때가 되면 연락하는가 보다. 하며. 그래서 나는 점점 더 보이지 않아도 알고, 말하지 않아도 통하는 그런 사람들만 옆에 두고 싶게 된다. 세상에 신경 쓰고 살 게 얼마나 많은데 전화 한 통화 때문에 골머리를 앓고 있어야 하는가. 그것도 인간 관계에 얽매이는 거다. 더 이상 그러고 싶지 않다. 내 곁에 남을 사람은 남고 떠날 사람은 떠난다. 내가 사람을 옆에 두고 싶다고 해서 둘 수 있는 것도 아니다. 사람은 그런 것이다. 인연은 그런 것이다.

그러니 너무 작은 것 하나에 연연해하지 말자. 세상살이 더 피곤해진다. 날 생각하는 사람은 알아서 연락 온다. 그때가 언제인지는 중요하지 않다. 진심만 통하면 된다. 그건 곧 행동으로 드러날 것이다. 중요한 건 연락이 아니라 만났을 때의 진심이다.

마음 아파하는 사람들에게

한 때는 나도 마음이 많이 아파본 적이 있다. 그래서 한껏 아파보고 느낀 바를 말해주고 싶다. 일단은 본인을 먼저 챙기라고 말하고 싶다. 내가 우선이 된 다음 타인을 돕든 했으면 좋겠다. 이상하게 본인이 아프면 아픈 사람만 눈에 보인다. 그래서 위로가 되어주고 싶고 같이 안타까워하고 보듬어주고 싶은 마음은 알겠다. 나도 한때 미련하리만치 아파했다. 내가 아닌 다른 사람들을 위해. 어딜 가도 어딜 봐도 내 눈에는 마음이 아픈 사람들만 보였다. 나는 이미 생채기가 날 대로 났고 버려졌다고 굳게 믿던 시절이었다. 나는 아무것도 아니고 아무 쓸모도 없고 이제는 인간이길 포기했던. 아무도 아무것도 위로가 되지 않았던. 더 이상 이 땅에 발붙일 용기 따위는 없어진지 오래고 이미 이 세상에서 내가 버려졌다고 생각했다. 그래서 그런가 내가 죽어도 좋으니 고통에 떨고 있는 사람들을 행복하게 해달라고 바랐던 적이 있었다. 누구에게라도 털어놓을 수 없으니 일기에다 그렇게 수도 없이 적는 게 그날의 유일한 일이었다.

그런데 이제는 아니다. 내가 나를 사랑해야 다른 사람도 사랑하고 보살필 수도 있다는 걸 이제야 깨달았다. 내가 우울과 외로움에 몸부림치고 있을 때는 아무것도 보이지 않았다. 아무것도. 가족도 친구도 누구도. 그들이 하는 말 모두 와닿지 않았다. 날 생각해서 하는 말, 위로의 말도 하나도 안 고마웠다. 그 말들은 오히려 반감만 들었고 날 더 깊은 어둠 속으로 숨게 만들었다. 이런 내가 나를 버리려 하면서까지 얼굴도, 이름도 모르는 타인에게 연민을 느끼며 그들이 행복하기를 바란다고? 이건 앞뒤가 안 맞지 않은가. 행복이 뭔지 진정으로 아는 사람이 이런 말을 해야 설득력이 있지 않을까. 어떻게 보면 참 바보 같고, 본인을 생각하면 참 미련한 짓이다. 같이 아파한다고 해서 그들이 고마워 할까? 그렇지 않다. 그들도 똑같다. 와닿지 않으니 고맙게 생각하지도 않을 것이다. 오히려 니가 뭔데 날 동정하느냐 욕할 것이다. 그런 연민과 동정에서 느낄 수 있는 건 잠깐이고 더 공허할 뿐. 서로 의미 없는 감정 소모하고 있을 뿐이다.

나는 이걸 늦게 알아버렸다. 내가 날 사랑할 수 있을 때, 그리고 내가 날 컨트롤할 수 있을 때 얄팍한 연민과 동정이 아닌 깊이 있는 관심과 따뜻한 말 한마디를 건넬 수 있다는 걸.

제발 본인을 먼저 생각하자. 자기 자신을 사랑하는 게 힘든 일이란 거 알지만 한번 깨달으면 저 밑 낭떠러지에 떨어지더라도 날 놓지는 않게 된다. 내가 너무너무 싫은 병에 오래오래 앓더라도, 시간이 좀 걸릴지언정 한 번은 어떻게든 일어서게 된다. 이게 한 번, 두 번이 되고 또 세 번이 된다.

이제 나는 내가 나를 위해 죽게 되더라도 타인을 위해 죽길 바라지 않는다. 이건 매우 큰 차이이다. 이제 나는 힘들지, 괜찮지 라는 말보다 따끔한 말 한마디가 더 고맙다. 제발 본인을 먼저 생각했으면 좋겠다. 난 내가 사랑하는 사람이 아닌 다른 사람의 말은 귀에 들어오지도 않으니 그 어떤 말은 받지 않겠다. 다시 한번 말하지만 하나도 안 고맙다. 그보다 본인을 챙겼으면 한다. 거울을 보시라. 당신 지금 상처 투성이다.

나는 오늘 '살아라'라는 세 글자로 종이를 꼭 채울 것이다. 흐리멍덩한 마음을 '살아라'란 세 글자로 꼭 채워 당신이 흔들리지 않도록. 이 땅에 숨 붙이기 위한 나만의 의식이다. 잘 살기를 바라지도 않는다. 일단 어떻게든 살기만 하면 된다. 살아내야 한다. 이 땅에 태어난 건 내 의지가 아니지만 어쩌면 가는 것도 내 마음대로 갈 수 없다는 걸 알아야 한다. 오늘 행복해도 내일 갈 수도 있는 게 인생이고, 오늘 고통스러워도 끊이지 않는 고무줄처럼 가늘고 길게 갈 수 있는 게 인생이기에. 힘에 겨워 버거워하는 가여운 존재에 묵직한 족쇄를 채워 얼마간 이곳에 발붙일 수 있기를. 종이 위에 사각사각, 오늘도 살아라, 살아라. 연필을 들어 종이 한 면을 꼭 채울 것이다.

죽으란 법은 없다

어떤 사람은 뭐 이런 얘기까지 하나 싶을 수도 있지만 내 글만큼은 솔직하고 싶다. 타인의 경험보다 내 삶의 경험을 빗대어 이야기를 풀어내고 싶다. 그래서 자꾸만 내가 살아온 얘기를 하게 되나 보다. 그렇더라. 죽으란 법은 없다고. 정말로 딱 죽고 싶은 때 귀인을 만났다. 마음이 만신창이가 되고 짓이겨져 다시는 일어날 수 없을 것만 같이 희망이라고는 눈곱만큼도 보이지 않을 때였다. 그때 우연히 나타나 나를 살려준 사람을 만났다. 가만히 너의 야기를 들어주고 나의 이야기를 들어주며 그 힘든 시간을 버텨내었다. 어쩔 때는 열 시간도 넘게 얘기만 한 적도 있다. 그것도 시간이 날 때마다. 일주일이든 한 달이든 말이다. 말의 힘이 엄청나다는 것도 여기서 깨달았다. 여러 위로의 말과 응원의 말들을 들으며 나는 조금씩 힘을 얻었다. 직접적으로 널 응원해, 널 위로해가 아니라 진

실로 마음에서 느껴지는 음성, 감정과 분위기가 내게 와닿았다. 덕분에 다시 태어났다고 생각하고 아가가 첫걸음 하듯이 그렇게 세상 밖으로 다시 나올 수 있게 되었다. 두 번째 생을 산다고 생각하니 오히려 마음이 홀가분해지는 것이다. 그때 또 느낀 것이 있었다. 위로는 아무나 해줄 수 있는 게 아니라고. 그 대단한 위로라는 두 글자는 나와 퍼즐처럼 마음의 조각이 맞을 수 있는 사람만 해주는 것이라고. 그래서 나는 누군가에게 함부로 위로하지 않는다. 내가 위로해도 와닿지 않을 테니까. 그보다 대신 해결책을 내어주고 도와주는 것이 상대방에게 훨씬 도움이 될 것이다.

궁상맞지만 돈 얘기도 꺼내야겠다. 우리가 어쩔 수 없이 벌어 먹고 살려면 돈이란 것이 필요하다. 돈이란 게 없을 때도 있고, 있을 때도 있고 그런 것 아닌가. 그래도 수중에 돈이 하나도 없을 때, 숨만 쉬어도 나가는 돈이 있는데, 그 돈조차 없을 때 막막하고 불안할 수밖에 없다. 꼴에 자존심은 있어서 친구나 부모님에게 도와달라고 빌리지도 못 하고 있을 때 어디선가 돈이 생긴다. 예를 들어 국가에서 세금을 더 많이 걷어서 환급을 받은 돈이 생겼다든지, 우연히 친척분을 만나 용돈을 받는다든지 하는 것들 말이다.

소규모지만 사업을 하려고 한창 바쁠 때였다. 여러 아이디어들이 쏟아지고 아이템도 정해지고 어떻게 흘러가면 좋을지 길이 정해졌다. 그런데 문제는 자금이었다. 상권이 조금만 좋아도 보증금이 너무 비쌌다. 인터넷으로 온갖 부동산을 다 뒤져보고 발품을 팔아도 마땅한 곳이 없었다. 한 여름이었는데 여러 곳을 돌아다니느라 탈진이 날 정도였다. 그쯤 되니 괜히 서럽기도 했다. 나도 돈만 많으면 크고 멋들어지게 건물을 지어서 인테리어도 예쁘게 꾸밀텐데 하는 생각이 들었다. 요즘 외곽에 크고 으리으리한 카페 많지 않은가. SNS에도 올라갈 만한 그런 카페. 그러나 그렇게 큰 규모는 관리도 힘들고 내가 가진 자금 사정과는 맞지 않았다. 그때 마침 거의 이백이 되는 거금이 통장에 들어왔다. 생각지도 못하게 국가에서 주는 근로 장려금이 들어왔던 것이다. 때마침 작은 규모의 매물이 나와서 당장 계약했다. 그 돈으로 보증금과 카페에 필요한 물품을 조금이나마 살 수 있었다.

그렇게 겨우 숨통이 트이고 다른 카페에서 아르바이트를 하며 돈을 조금씩 모았다. 카페를 차리려고 다른 카페에서 일하며 연습도 하고 공부도 하니 도움이 많이 되었다. 다른 카페랑 방향은 달랐지만 운영 방식을 특히 많이 배웠다. 이건 이렇게 하면 안 되고 저건 저런 식으로도 하는구나 하면서. 장려금을 발판 삼아 취지대로 제대로 돈을 쓴 것이다. 내 세금이 이런 식으로 쓰이는구나, 타이밍 한 번 기가 막히네, 하며 사람이 죽으란 법은 없다는 걸 다시금 깨달았던 순간이었다.

정말 사람 일은 모른다. 그 순간이 아무리 괴롭고 힘들고 막막해도 버텨봐야, 그리고 살아 봐야 아는 게 인생인 것 같다. 글을 쓰는 지금 이 순간도 입에 풀칠만 하는 정도다. 그래도 예전처럼 전전긍긍하거나 두렵지는 않다. 돈은 있다가도 없으니까 어디서 또 생길 수도 있겠지. 그런 기대

라기보다도 없으면 벌면 되니까. 다시 아르바이트라도 하든가 글을 써서 최소한의 생계비라도 벌 수 있지 않을까 하며 하루하루를 보낸다. 장사가 잘되지 않더라도 그러려니 하고 넘어간다. 잘 되는 날도 있으니까. 어떻게 인생이 한결같이 잘 풀리나. 그런 일은 있을 수 없다. 인생은 언제나 나에게 시련을 준다고 생각하면 마음이 한결 편해진다. 길은 나올 것이다. 지금 이 시간도 다 뜻이 있는 거라 생각한다. 더 이상은 돈이 없다고 의기소침해지거나 우울해하지 않을 것이다. 돈이 먼저인가. 사람이 먼저다. 내가 자신감이 없나, 돈이 없을 뿐이지. 아까 말했듯이 삶은 모르는 것이다. 그래서 더욱 힘을 내고 하루하루를 살아봐야겠다. 그래야 알 수 있는 인생이니까. 이제 지레 겁먹고 포기하는 일은 없다. 생각지도 못한 의인을 만날 수도 있고, 정말 어디선가 돈이 나올 구멍이 생길 수도 있다. 나의 경험처럼. 일 할 곳도 많다. 가리지 않고 뭐든 하는 근성 정도는 가지고 있다. 그러니 돈 때문에 어깨 축져져 다니는 일은 없다. 나의 경험으로는 돈은 어디선가라도 나올 수도 있고, 정 안 되면 벌면 되지. 더 이상 걱정이란 거 않을란다.

제9장
살아가면서 배워야 할 삶의 태도

누구보다 간절하시나요

맨땅에 헤딩을 하면 죽지 않을까란 생각을 해보았다. 근데 보면 맨땅에 헤딩한 사람들의 성공 스토리가 꽤 있단 말이다. 그럼 그 사람들은 또 뭘까 생각해 봤다.

간절함. 그 차이 하나 아닐까. 간절함이 용기를 만들고 앞만 보고 뛰어들게 만드는 것. 맨땅에 헤딩하라고 하면 혹이 날 수도, 피가 날 수도, 죽을 수도 있는데 사람이라고 겁 안 날까. 근데 성공한 사람들의 특징을 보면 물불을 안 가리더라. 길이 안 보이면 어떻게든 다른 길을 만들더라.

막상 눈 질끈 감고 맨땅에 헤딩 했는데 해볼 만하다고 생각할 수도 있다. 계속 시도하다 보니 겁이 없어지는 것이다. 어쩌면 그게 자신감일 수도 있다는 생각도 해보았다. 세상에는 생각보다 별거 아닌 게 많다는 걸 깨닫게 되는 것이다. 지레 겁먹고 시도조차 못한다면 억울하지 않을까.

　사는 것도 그렇다. 사람이 참 물렁하고 나약하게 태어나서 하루 사는 것조차 힘들어하는 사람들 참 많다. 나는 카페에 이렇게 글 쓰며 앉아 있으면서 폐지 줍는 어르신들을 자주 본다. 항상 지나가는 할머니가 있다. 이렇게 생각해도 될지 모르겠지만 저렇게 열심히 살아보려고 하는 사람도 있는데 나는 불평해서는 안 되겠다는 다짐을 하게 된다. 그리고 또 내 미래를 생각해 보게 된다. 저 모습이 나의 미래가 될 수 있다고. 그렇지 않은가. 성공의 기준은 각자 다르지만 성공했다고 해서 그게 평생 가는 게 아니다. 높은 위치에 올라가게 되면 그 위치를 유지하기 위해 결국은 더 많은 노력을 해야 한다. 아니 해내야 하고 견뎌내야 한다. 그걸 버티지 못하면 추락하겠지. 그거 아는가. 사업을 하는 사람들이 한 번 망하면 쫄딱 망하는 거. 그것도 빚까지 잔뜩 지고. 그러면 저렇게 폐지 주우며 생활할 수도 있는 것이다. 남 일이 아니다. 나도 언제고 저렇게 될 수 있는 것이다. 지금 이 순간도 이런 얘기를 하며 겸손해지게 된다. 성공의 척도는 주관적이지만 항상 삶에 있어 하루만큼은 책임지며 살자고, 불평불만 없이 이만하면 괜찮은 인생이라고 생각하며 살자고 다짐한다.

　인간관계도 그렇다. 간절하면 어떻게든 유지하려고 한다. 간 쓸개를 떼어줘도 아깝지 않은 친구, 나의 모든 걸 버려가면서까지 사랑하는 연인, 내가 고생해도 어떻게든 지켜주고 싶은 가족도 그렇다. 간절하면 계속 신경 쓰이고, 관심이 가고, 생각이 나고, 보호해주고 싶고 그런 것이다.

내가 커피를 사랑하지 않았으면 카페 할 생각을 했을까. 커피 공부를 하면서 어느 날 갑자기 난 카페를 차려야 해 하고 생각했다. 그리고 카페를 차리기까지 한 달도 안 돼서 모든 준비를 마쳤다. 카페를 차려야겠다고 하는 순간부터 바로 작업실 매물을 계약하고 구청에 달려가서 사업자 등록증을 만들었다. 그리고 카페에 필요한 모든 가구, 집기류를 사들였다. 덕분에 페인트칠 하고 여기저기 꾸미느라 힘들어서 살이 쪽 빠졌다. 너무 무리하는 바람에 중간에 병원 신세를 지기도 했다. 그래도 좋았다. 내가 하고 싶은 일을 하려 할 생각에 몸이 아파도 견딜만했다. 갑자기 가게를 차리게 될 줄 몰랐던 내가 해낸 것이다. 가게를 차리려면 어떻게 해야 할지 정보 하나도 모르던 내가 그거 하나 하겠다고 어떻게든 해내었다. 물불을 안 가린다는 게 이런 게 아닐까. 나는 어쩌면 사는 데 있어서 또 하나의 방법을 배웠고 인생에서 좋은 경험을 한 것이다. 지금은 카페가 어떻게 굴러가냐고 묻는다면 아직 시작 초기라 잘 모르겠다. 어떻게든 굴러가고 있다. 이것도 다 경험이다. 처음부터 장사가 잘 될 거라 조급해 하지도 않는다. 어떻게든 굴러 가겠지, 노력하다 보면 길이 보일 거라는 믿음은 분명하다. 그래서 흔들리지 않는다. 지금까지 잘 해왔고 준비도 다 됐는데 뭐가 걱정이란 말인가.

책을 내는 것도 참 신기하다. 처음에는 블로그에 일기 한 줄 짧게 쓰기 시작한 게 글쓰기에 대한 욕심이 생기면서 혼자서 소설을 써보기도 했다. 에세이는 생각지도 못했다. 작가라는 타이틀은 나에게 거창하다고 생각했다. 그저 글을 쓰는 사람으로 남고 싶었다. 글을 쓰는 걸 주업으로 하고 싶었다고 풀이하는 게 낫겠다. 시간이 지남과 함께 내 작품 하나, 둘 쌓이면 그거야말로 만족할 만한 인생이 아닌가 미래를 그리기도 했다. 부끄럽지만 여러 출판사에 하나씩 투고해 보기도 했다. 물론 낙방했지만 그래도 시도했다는 그 자체로도 좋았다. 투고를 하면서도 여러 사이트에 내 글을 올렸다. 글을 뿌리다시피 했다. 각종 SNS도 많으니까 이런저런 글을 나누자는 의미에서 팔로잉도 많이 했다. 다른 사람들의 글도 읽어 보며 공부도 했다. 대형 출판사는 투고를 해도 낙방하니 독립출판에 도 전해 보기로 했다. 요즘 독립출판 많이들 하니까 나도 책 하나 낼 작정이 었다. 이리저리 알아보는데 쉽지가 않았다. 그래서 하소연하듯이 또 하 나의 글을 썼다. 지방이라서 그런지 책 하나 만들기가 쉽지 않다고. 책 내 고 싶어서 서울 가서 살고 싶다고. 서울 살면 내 책 하나 만드는 데 금방 일 것 같다고. 그러니 어떻게 길이 열려 출판사에서 출간 제의가 왔다. 오 는 기회 어떻게든 잡자는 생각에 이렇게 글을 쓰게 되었다. 그 말이 맞았 다. 뭐라도 하면 다 이어진다고. 길은 어디에든 있다고. 헤매어도 그게 다 경험이라고. 그래서 헤맨 만큼 내가 길을 만들어 냈고 그게 이어진 것 같 다.

우리가 흔히 접할 수 있는 연예인도 보면 그렇지 않은가. 우리는 대중 이기 때문에 그들이 데뷔했을 때부터 커가는 모습을 모두 볼 수 있다. 처 음에는 다듬어지지 않은 날 것 같기도 하고 새내기 같은 모습을 볼 수 있다. 대중에게 관심을 받지 못하면 다시 재정비를 하고 돌아온다. 그렇게 다듬고 다듬어서 계속 대중들에게 어필한다. 그러면서 성장한다. 연예인으로서, 하나의 아티스트로서. 그들이 경력 십 년쯤 되면 어느새 스타가 되어있고 그들을 동경하게 되기까지 한다. 그들은 먼 훗날 한 토크쇼에 나와서 말한다. 신인 때는 라면 하나를 불려서 하루 세 끼를 먹으면서 연습했다고. 그렇게 고단한 시간이 있었지만 끝까지 버텼다고. 버티는 게 이기는 거라고. 그들은 그만큼 간절했던 것이다.

이런 얘기를 들으면 '그래, 다들 두려워도, 무서워도 하는데 나도 해보자.' 이렇게 생각하게 된다. 해본 사람들은 말한다. 나도 저게 될까 하는데 되었고 네가 그렇게 뭔가를 해낸 사람이 된 뒤에 그들에게 말하라고. 세상에 안 되는 건 없어.

그만 생각하고 행동을

난 참 생각이 많은 사람이었다. 아니 처음에는 생각만 많은 사람이었다. 그 생각 덕분에 잘 풀려서 글을 쓰는 글쟁이가 되었지만 심할 정도로 생각만 하는 사람이었다. 특별한 꿈도 없었지만 공상을 많이 했다. 허무맹랑한 건 아니고 당장 해야 할 것들에 대한 상상들. 예를 들면 취업을 해야 하는데 지원하는 생각만 한다든지, 용돈이 떨어져서 아르바이트를 해야 하는데 어딜 지원할지, 어디서 돈 나올 구멍은 없는지 말이다. 근데 또 근무 조건을 따지기는 엄청 따져서 쉽게 지원하지도 않았다. 목표도 없이 생각만 하고 의지가 없으니 에라 모르겠다 하고 이력서를 뿌려놓고도 이 핑계, 저 핑계 대며 면접 안 가기도 일쑤였다. 이런 생활도 일주일이 지나고 한 달이 되니 사람이 점점 무기력해지더라. 이러면 안 되겠다 싶어 운동이라도 해야겠다며 밖으로 나갔다. 그 당시 집 앞에 놀이터가 있었는데 거기에 운동 기구가 몇 가지 있었다. 거기서 다리 운동도 하고 복근 운동도 했다. 가끔은 줄넘기를 하기도 했다. 그런데 그것도 작심삼일이었다. 다시 나는 집에만 있는 집벌레가 되었다. 한심했다. 무기력하지 말자고 운동하자고 해놓고 다시 침대 안으로 들어가는 꼴이라니. 내가 나에게 실망했다.

그때는 꼭 돈이 아니라도 내가 좋아하는 게 없을까 한창 생각하던 시기였다. 대학을 막 졸업하고 나서였던 시기였다. 하루 종일 휴대폰만 쳐다보던 시절이었는데 그때 우연히 ASMR이란 걸 접하게 되었다. 그렇게 나는 ASMR에 푹 빠져버렸다. 그 당시 한국에서 ASMR은 매우 생소한 장르였다. 아무튼 그렇게 들으면서 자다 보니 이번에는 낮에도 자고, 밤에도 자는 잠벌레가 되어버렸다. 내가 너무 좋아했던 ASMR이 나한테 완전히 먹혔던 것이었다. ASMR에 푹 빠져 있던 나는 없는 돈을 탈탈 털어서 해외 직구로 ASMR 전용 마이크를 샀다. 그리고 유튜브 계정을 만들고 내 채널을 만들었다. 그리고 하나씩 ASMR 영상을 올리기 시작했다. 그때는 ASMR이 마니아층만 있을 때여서 구독자가 빠른 시간에 꽤 많이 모였었다.

그러나 나에게 치명적인 단점이 있었으니, 바로 끈기가 없는 것이었다. 좋아하는 게 있으면 푹 빠져서 시작할 줄은 아는데 지속하지 못하는 게 큰 단점이었다. 아마 영상을 열 개 정도 올렸을 쯤이었나. 거기서 나의 ASMR 영상 올리기는 중단되었다. 그러고 나서 ASMR이 대중화가 되기 시작하면서 내 채널은 점점 밀려났다. 최첨단 기기로 ASMR을 올리는 채널들이 등장하면서 나의 채널은 저 멀리 별나라로 떠나버렸다.

그 당시 나랑 비슷한 시기에 활동했던 ASMR 채널 중에서 지금도 활동하는 분이 있는데 지금은 구독자 수가 오십만이 넘는다. 그분을 보면서 생각한다. 나도 끈기 있게 활동했다면 지금쯤 저분처럼 ASMR로 활동하고 있지 않을까 하며. 그분의 장점은 끈기였다. 그리고 부지런했다. 그분은 일주일에 한 번씩 계속 영상을 올렸다. 무슨 일이 있거나 아프지 않은 이상 일주일에 한 번씩 업로드는 계속되었다. 난 아직도 그분을 보면 참 대단하다고 생각한다. 지금도 그렇게 꾸준히 활동한다. 거의 십 년 동안 활동하고 있는 것 같다. 꾸준한 움직임 덕분에 팬미팅도 하고 ASMR로 에세이 책도 내면서 점점 활동을 넓혀가고 있다. 그분을 보면 그 꾸준함을 사고 싶을 정도다. 포기하지 않고 꾸준하기만 하면 된다는 걸 알 수 있는 표본이다.

내 채널은 이제 간간이 안부를 전하는 정도로만 전락했다. 오래전 몇 안 되는 구독자만이 댓글을 달아주시곤 한다. 그래도 아직도 그 사람들이 고맙다. 그리고 한편으로는 미안하다. 계속 활동했으면 그분들도 좋아하셨을 텐데 하면서. 이분을 보면 그렇다. 꾸준함과 행동이 답이라고. 지금 당장 하고 싶은 일을 하고 있지 않더라도, 그저 돈벌이로 일을 하더라도 좋아하는 게 있으면 일단 행동하라고 말해주고 싶다. 적어도 좋아하는 일은 작심삼일에서 끝나지는 않을 테니까. 나처럼 채널과 구독자라도 남지 않을까. 난 아직도 구독자가 남아있다. 꾸준히 하면 뭐라도 남는다. 그게 실패일지라도 경험이라는 큰 자산이 남을 테니까.

나의 믿음을 믿어버리기

　나에게 일상을 지키는 건 일기 쓰기다. 일기는 반복되는 내 하루를 열거하지만 그 같은 하루 속에도 미묘하게 다름이 있다. 그 미묘하고 사소한 다름을 기록하고 특별하다고 믿고 싶기에 그렇게 계속 일기를 쓰나 보다. 얼마 전 일 년 전 이맘때의 일기를 보았다. 제목은 '다 아니까'였다. 거기에는 이렇게 적혀있었다.

　'며칠 전 머리끈을 잃어버렸다. 분명 집에서 잃어버렸다. 집에서 머리끈을 두는 곳은 정해져 있다. 화장대 위, 거실 탁자 위, 침대 머리맡. 이 세 곳에 없다면 집안 어딘가에 흘렸을 것이다. 머리를 땋은 것처럼 울퉁불퉁한 검정색 머리끈. 내가 움직이는 동선을 따라 이곳저곳 살펴 보았지만 보이지 않았다. 하지만 괜찮았다. 집 안에 있을 걸 아니까. 다른 물건을 잃어버렸을 때처럼 불안하지 않았다. 집에 있을 걸 아니까. 집에 있다 보면 다 알아서 나오겠거니. 알아서 눈에 밟히겠거니 했다. 그러다 오늘 소파 위에서 발견했다. 거봐. 발견할 거라고 했지. 집에 있을 거라니까. 다 아니까 그리 크게 놀라지도 않았다. 오히려 집에 있을 거라는 믿음이 묘한 안정감을 주었다. 나는 며칠간 이 묘한 안정감을 즐겼다. 오히려 편안했다. 불안함이 없는 이 기분. 계속되었으면 좋겠다고 생각했다. 나는 이런 안정감이 필요했던 것이다.

문득 다 알고 싶다는 생각이 들었다. 나의 내일. 내일 무슨 일이 벌어질지, 더 나아가서 나의 미래까지도. 알면 무슨 재미로 사냐는 사람도 있겠지. 하지만 나는 앞날을 모르며 즐기는 사람이 아닌 불안함을 안고 하루를 사는 사람이니까. 불안보다는 안전을, 재미보다는 안정을 추구하는 사람이니까. 다 알기 때문에 그 믿음에서 오는 차분함은 마음을 참 편안하게 만든다. 밖에서는 팔찌처럼 왼쪽 손목에 끼워져 있는 검정 머리끈과 함께. 집에서도 정해진 자리에서 언제든지 찾을 수 있는 검정 머리끈과 함께. 어디서든 편안하길 바라며.'

또 다른 일기에는 이렇게 적혀있다. 제목은 '나를 믿는 방법'이다.

'어떻게 하면 나를 믿을 수 있을까. 어떤 일을 시작함에 있어서 나를 믿은 일은 매우 중요하다고 생각되는 요즘. 나에 대한 믿음 없이는 어떤 일을 해도 곧 중심이 흐트러지고 만다. 배우는 순간에도 늘 불안하고 집중할 수 없게 되는 경험을 하면서 어떻게 하면 내가 나 자신을 믿을 수 있을까에 고민하게 되었다.

기질적으로 내성적이고 불안이 많아 나에 대해 자꾸 의심을 하게 된다. 이건 조금씩 불 붙는 용기에 물 한바가지 냅다 부어 버리는 치명적인 단점이다. 하지만 나 자신을 믿지 못하기에 배웠던 걸 반복 또 반복한다. 철저하고 자세히 정리, 복습하는 자세는 장점이기도 하겠다.

뒤처지기 싫어서, 실수하기 싫어서, 그러면 창피하니까, 못하는 내가 싫어서, 그런 나를 인정하기 싫으니까 집에 돌아와서 하루종일 주구장창 정리하고 또 생각한다. 이런 식이면 어떤 일을 해도 즐기지 못한다는 게 단점이지만, 또 어떻게 보면 실수를 줄일 수 있고 완성에 가까워질 수 있으니 장점이라 할 수 있겠다.

나는 내가 마음을 조금은 가볍게 먹되 집중하기를, 겁먹지 말고 차분히 움직일 수 있기를 바란다. 뭔가를 대단히 이룬 적도 없고 많은 일을 해보지 않았지만 그래도 마음 먹은 건 곧잘 해낸 나였으니까. 과거의 내가 그랬던 것처럼 지금의 나도 잘 해낼 거야. 그게 뭐든. 용기를 가지고 차근차근해보자. 난 나를 믿어.'

어쩌다 보니 일기에 믿음이라는 단어가 여러 번 언급되면서 내가 나를 믿지 못한다면 그 믿음을 믿어버리기로 했다. 어떻게 보면 같은 말 같지만 다르다. 내 자신을 믿지 못 하는데 나에게 포커스를 맞춰 버리면 금방 무너진다. 이럴 땐 나를 믿는 것이 아니라 방향을 돌려 나의 믿음을 믿어버리는 것이다. 나를 믿지도 못하는데 나의 믿음을 믿는 게 무슨 소용이

냐고 물을 수 있다. 나는 내가 아닌 믿음에 집중함으로써 내가 그 믿음에 한 발짝 다가갈 수 있게 하는 것이다. 내가 원하고 바라는 바를 그렇게 되리라 믿어 버린다. 그 믿음을 형체가 있는 거라 생각해도 좋다. 그 믿음을 사탕이라고 한다면 꿀꺽 삼켜 버린다. 그 믿음은 이미 견고하게 완성되어 있다. 그 믿음은 어디 도망가지 않는다. 늘 그 자리에 있다. 내가 손을 뻗기만 하면 된다. 한 발자국씩 움직이다 보면 곧 그 믿음에 닿을 수 있을 것 같다. 믿음은 늘 그 자리에 있으니 믿음에 조금씩 가까워지리라. 조금씩 용기가 생기는 기분이 든다.

내 믿음은 더 이상 갖지 못할 신기루가 아니다. 내가 꼭 쥐고 놓지 않을 믿음이다. 난 나를 믿어. 내가 자주 되뇌던 말이었다. 하지만 그렇게 되뇌던 순간에도 나는 도망가고 싶었다. 지금도 내가 나를 믿기에 어딘가 의심스럽고 한참 부족하다. 그렇다면, 내가 나를 믿을 수 없다면 내가 나를 믿는 그 믿음을 믿고 부지런히 닮아 가야겠다.

생산적인 나날로 바꿔버리기

왜 어른들은 꼭 알아야 할 것들은 알려주지 않고서 잘 자라기를 바라는 걸까. 진작 알았다면 손해 보는 삶을 살진 않았을 텐데. 세상이 얼마나 무서운지까지는 가르쳐주지 않았어도 말이다. 나는 부모님을 사랑했고 지금도 사랑하지만 부모님을 생각하면 아쉬운 게 많다. 나는 홀로 알아서 커야 했고 꿋꿋할 힘없이 많이 나약했다. 그래서 늘 누군가가 필요했지만 아무도 없었고 갈증 속에서 누구라도 길잡이가 되어줬으면 했다. 지난날을 뒤돌아보니 아쉽고 안타깝다. 누굴 탓하기에 젊은 나이는 아닌데 속은 아이 같아서 이제야 이런 생각을 하게 된다. 그래, 내가 좀 더 현명하지 못했던 탓이겠지. 지난 일을 후회해도 소용없다는 거 잘 알면서도 이런 생각을 하는 내가 미련해 보여서 더 마음이 아프다. 가끔 울컥할 때도 있다.

그렇다고 누굴 탓하며 가만히 있을 수만은 없었다. 누굴 탓하리. 아무 도전도 안 하고 가만히 있었던 내 탓이 크지 않겠나. 나도 한번 날아봐야겠다고 생각했다. 훨훨 날아갈 것이다. 아무도 상상할 수 없는 곳으로. 아무나 감히 닿을 수 없는 곳으로.

매일이 두렵고 걱정 투성이로 살아가고 있는 이들에게 시작이라는 것이, 도전이라는 것이 두려울 수 있다. 나도 그랬으니까. 그들에게 해주고 싶은 조언이 있다면 어떤 일을 하든 처음부터 배운다는 마음으로 내 자신을 내려놔야 마음이 한결 편할 것이다. 어떤 일을 배우는 과정에서 많은 실수를 할 수도 있다. 그 과정에서 내가 바보같이 느껴지고 초라하게 느껴질 수도 있다. 그럴수록 얼굴에 철판을 깔아라. 어깨 너머 배운다는 소리도 있지 않은가. 또 쉽게만 배우면 금방 잊어버린다. 고생해서 얻은 경험이 뼈와 살이 된다. 그건 결국 귀한 경험이 된다. 여러 번 고통 앞에서 멈출 수 있다. 그럴 때마다 늘 생각해야 한다. 운동을 한다고 생각해보자. 원래 처음이 어려운 법이다. 처음에는 낮은 무게부터 시작한다. 그것조차 힘들 수 있다. 그러다 무게를 늘리면 근육이 아플 것이다. 그 아픔을 참아야 한다. 어제보다 오늘 조금만 더, 더 무게를 늘려나가기로 해보자. 반복하고 있는 것이 나를 만드는 것이다. 한 달이 걸리든 몇 년이 걸리든, 죽이 되든, 밥이 되든 해보는 거다. 그러다 보면 어느새 덩치가 커져 있는 나를 발견하게 될 것이다. 그때는 아무것도 두렵지가 않을 것이다.

다시 한번 말하지만 나에게 충실하면 걱정의 대부분은 사라진다. 그리고 지금 하고 있는 고민은 쓸데없는 고민이다. 그 고민은 나를 불안하게만 하는 고민이다. 사소한 것들로 날 휘둘리게 놔두지 말자. 나에게 집중하자. 나만 주시하자. 흔들릴 필요도, 불안할 필요도 없다. 날 흔드는 어떤 것 속에서도 내 자신을 단단히 붙잡아야 한다.

나도 다짐했다. 더 이상 나의 젊음을 썩히지 않기로. 더 이상 나를 방치하지 않을 거라고. 노력으로 얻을 수 있는 것은 꼭 쥐고 놓지 않을 거라고. 나는 나를 우선으로 두고 나를 최선을 다해 돌볼 거라고. 싫거나 못난 나는 바꾸고 부족한 건 채워나갈 것이다. 더 나은 내가 되기 위해 계속해서 내면을 다듬어 나갈 것이다.

늘 차고 다니는 목걸이가 있는데 예전에는 습관적으로 계속 만졌다. 가슴팍에 닿는 목걸이의 느낌, 이게 가끔 위로가 되기도 한다. 생각해 보면 목걸이에 계속 손이 가는 날은 나에게 더 많은 위로가 필요한 날이었다. 내가 끼고 다니는 반지도 그랬다. 나는 주로 양손에 얇은 실반지를 여러 개 끼고 다녔다. 밖에 나가서 긴장할 때마다 그 반지들을 돌돌 돌리며 마음의 안정을 찾곤 했다. 그게 습관이 되었다. 뭔가를 하기에 마음에 부담이 된다면 나처럼 몸에 작은 뭔가를 지니고 다니든지, 문신을 새기든지, 기도문처럼 외우고 다니는 주문을 만드는 것도 하나의 방법이다.

때때로 단 걸 먹는다든지 산책도 자주 했다. 일하는 중간에 스트레스를 받을 때마다 초콜릿 한 조각 먹는 게 그렇게 위로가 될 때가 있었다.

산책도 자주 했다. 점심시간 중간에 머리 식힐 겸 소화도 시킬 겸 근처를 배회하기도 했다. 나는 스트레스에 취약한 사람이기 때문에 때때로 그렇게 해줘야만 했다. 그리고 퇴근하고 나서는 요가를 하고 싹 씻고 나가서 밤마다 산책을 자주 했다. 밤 산책이 그렇게 좋았다. 모든 할 일을 마치고 여유롭게 하는 산책 시간이 좋았다. 그리고 오늘 어떻게 보냈는지, 내일은 어떤 자세로 하루를 보낼지 생각해 보기도 했다. 그리고 산책하는 중간에 좋은 영감이 떠오르면 글로 옮겨쓰기도 했다. 음악과 함께 하는 산책도 좋았다. 아무 방해받지 않고 좋아하는 음악에만 집중하며 정처 없이 걷는 것이다. 나는 이런 식으로 스트레스를 최소화하는 방법을 찾았다. 내가 받는 스트레스는 결국 나를 성장시킬 것임을 알아야 한다. 스트레스를 받는다고 더 스트레스 받고 있을 게 아니라 그 스트레스를 이용할 할 줄 아는 지혜를 지녀야 한다.

어느덧 내가 어떤 사람인지 알게 되고 나의 세계가 만들어졌다. 그 안에서 나라는 사람이 공고해졌다. 각자의 다름을 인정하며 나의 다름이 이상한 게 아닌 특별하다는 걸 깨닫는 요즘이다. 누가 뭐라 해도 상처받지 않고 흘려버릴 수 있는 단단함. 나는 더욱 견고해져 내 안에 있을 때 완전한 내가 된다. 여유는 없어도 휘둘리지 않는 중심을 잃지 말기로 하자.

한결같은 마음으로

가끔 보면 한결같은 사람이 있다. 이 사람은 '예나 지금이나 똑같네.' 하는 사람. 나는 그런 사람들이 신기하고도 부럽다. 물론 좋은 쪽으로 한결같은 사람이 좋다. 이 사람은 변질되지 않는구나. 이 사람은 항상 내 수저를 먼저 챙겨주네, 오랜만에 만나도 똑같구나, 하는 사람들 말이다. 그게 몸에 배어있는 것이다. 어떤 대화에서도 자기 주관이 뚜렷한 사람. 그런 한결같은 사람, 중심이 있는 사람이 좋다. 어렸을 때는 그게 고집인 줄 알았다. 그런데 커서 보니 그게 그 사람 자체더라. 이제는 누구의 눈치 보지 않고 있는 그대로의 나를 보여주는 사람이 좋아졌다. 그 사람이 굳이 설명하지 않아도 어떤 사람인지 다 보이니까. 가식이 없으니까.

가식 없이 사는 것이 얼마나 어려운가. 우리 사회 자체가 누굴 만나든 가면을 써야 굴러가는 세상인데 스스럼없이, 가식 없이 사는 사람이 몇이나 될까. 나도 가식은 있다. 한결같고 가식 없는 사람을 동경하다 보니 어느 정도 나를 드러내야 한다는 걸 알게 되었는데 아직은 쉽지 않다. 그래도 예전보다는 나아졌다. 나도 타인에게 있는 그대로의 나를 보여주고 싶기 때문이다. 가식 없이 살면 오히려 나도 상대방도 편하지 않을까 생각해 본다. 쟤는 원래 저런 애잖아 하는 인식이 생기면 나도 상대방을 대하기 편하니까. 상대방도 내가 어떤 사람인지 아니까.

대신 주의할 것은 변질이다. 한결같되 성숙한 방향으로 성숙해야 하며 변질이 된다고 한들 좋은 쪽으로 변화해야 한다. 사람은 사람이 가지고 있는 고유의 성격이나 특성은 한결같을 수 있다고 생각한다. 그러나 역설적이게도 변할 수밖에 없는 것도 사람이다. 어떤 집단에 속해있는지 어떤 사상을 담고 사는지에 따라 달라질 수 있지만, 변질이 된다면 내가 더 나은 사람이 되는 쪽으로 변화되어야 한다. 나는 특히 사람을 보고 고칠 건 고치고 배울 점은 배우는 편이다. 변한다면 이런 식으로 변해야 한다고 생각한다. 상대의 장점을 가지고 올 수 있는 능력이 있어야 한다. 이런 변화라면 환영이다.

하지만 오랜만에 보는 사람이 갑자기 이상한 사람이 되어 돌아오는 경우도 있다. 원래는 이런 사람이 아니었는데 말이 많아졌다든지, 그 과정에서 무례하게 군다든지. 아는 척하며 타인을 불쾌하게 한다든지 하는 것들 말이다. 한번은 어떤 무리랑 어울리길래 저렇게 허세를 떠나 싶은 사람이 있었다. 그때는 정말 당황스러웠다. 환경이 사람을 변화시킨다고 하지만 사람을 불쾌하게 만드는 사람은 다시 만나기 싫어지기 마련이니까. 뭐 이러다가 나중에 정신 차리고 돌아오겠지 해도 끝까지 그 사상이 굳어지는 사람이 있다. 그렇다면 할 수 없지. 그때부터는 손절이다.

살다 보니 한결같은 사람을 만나기 쉽지 않다. 좋은 사람을 만나는 것도 복이고 운인 것 같다. 왜 인복이 있다는 사람이 있지 않나. 곰곰이 생각해 보면 초년에는 인복이 더럽게 없었고 지금은 인복이 있는 편인 것 같다. 나에게 선을 넘지 않고, 해를 끼치지 않으며, 적당히 머물다 갈 줄 아는 사람들이 주변에 서서히 생기고 있다. 이게 다 서로에 대해 이해하고 배려하기 때문에 생기는 일 아니겠나 생각해 본다. 특히 중요한 건 내가 예전보다 더 나은 사람이 되었기 때문에 좋은 사람들이 더 눈에 띄고 만남으로까지 이어지는 것 같다. 한결같은 마음으로 살고 싶다. 올곧은 심지가 있는 사람이고 싶다. 내 주관이 뚜렷하고 옳은 사람이 되고 싶다. 누가 뭐래도 나는 이렇게 살 거야, 이렇게 할 거야, 하는 사람이 되고 싶다. 앞서 말했듯 그렇게 밀고 가는 사람들이 나중에는 어떤 면에서 뭐라도 꼭 이루고 성공하더라. 물론 좋은 쪽으로의 한결같음을 말하는 것이다. 나도 지금 내가 생각하는 나만의 한결같음이 있고 기준이 있다. 때로는 이게 잘못된 걸 알고 깨달으면 바꾸고 고치기도 한다. 더 성장하기 위해서. 이런 한결같음이면 나도 말년에 지혜로운 할머니가 되어있지 않을까. 당신은 어떠신가. 한결같은 사람인가.

미안해서가 아니라 고마워서

저번에 친구 차를 얻어 탄 적이 있는데 미안해서 커피를 샀다. 친구는 같이 가는 일정인데 뭐가 미안하냐며 말했지만 그래도 나는 빚을 지면 마음이 불편해지는 성격이라 그냥 넘어가지는 못했다. 약소하지만 커피라도 샀는데 집에 돌아와서 생각해 보니 미안해서 커피를 산다고 할 게 아니라 고마워서 산다고 할 걸 했다. 미안해서가 아니라 고마워서. 고맙다고 하면 듣는 사람도 더 편하고 기분 좋을 텐데 굳이 미안하다는 표현을 해야 하나 싶은 거다.

꼭 물질적인 것이 아니어도 그렇다. 나에게 마음을 주어도 이상하게 마음이 불편하다. 한번은 어떤 분이 나에게 진심 어린 기도를 해준 적이 있다. 그 마음이 고마워서 길 한복판에서 펑펑 운 적이 있다. 그 마음의 선물을, 그때의 기억을 평생 잊을 수 없을 것이다. 그분은 아직도 나를 위해서 기도해 주신다. 그 마음의 빚을 어찌 갚으랴. 나 또한 그분에게 잘 할 수밖에 없는 부분이다.

미안해서 그렇게까지 안 해도 된다고 할 게 아니라 그 감사함을 고맙게 받을 줄 아는 법도 배워야 하는 것 같다. 받는 게 미안해서 계속 거절만 하면 자칫 호의를 무시해버리는 게 되어버리는 애매한 상황이 종종 생길 수 있기 때문이다. 그럴 때는 그 마음 감사히 받고 더 큰 보답을 하는 게 서로에게 좋은 인상을 심어줄 수 있다. 언젠가 한번 누군가 이런 말을 한 적이 있다. 어떤 분이 상대방에게 선물을 하면서 했던 말이다. "이런 선물 부담스러워할 거 알지만 그래도 좋은 마음으로 받아줬으면 좋겠어. 그러면 오늘이 더 특별한 추억으로 남지 않을까." 나는 그분이 하는 말에 고개를 끄덕일 수밖에 없었다. 그분이 선물을 줬던 날은 상대방에게 매우 특별했던 날이었고 그분은 그에 맞춰 고가의 선물을 준비했었다. 만약에 거기서 호의를 거절했다면 어땠을까. 때로는 이런 날에는 기분 좋게 받고 고마움을 성의껏 표하는 게 보기도 좋고 말 그대로 좋은 날의 선물로 기억되지 않을까 싶다.

나도 배워야 할 부분이다. 평생을 남의 도움 없이 살아왔기 때문에 여전히 받는 게 익숙지가 않다. 누가 나에게 뭐라도 베풀면 나는 마음이 불편해져 배로 베풀었다. 누가 나에게 선물을 주는 것도 싫었다. 왠지 빚같이 느껴졌기 때문이다. 세상에 공짜는 없다고 했다. 그래서 마음속에 저 사람이 나에게 이런 걸 해줬지 하며 기록해두고 있다가 꼭 되갚았다.

이제는 여러 사람들을 만나면서 조금씩 받을 줄도 알게 되었다. 요령도 생겼다. 나는 너무 부담스러워하는 게 문제다. 이제는 상대방이 조그마한 과자라도 같이 나눠먹자고 주면 정말 감사하다고 인사한다. 그럼 상대방도 그걸 뿌듯해하면서 좋아하는 것 같더라. 한 번은 호의로 그렇게 뭔가를 자꾸 주는 사람의 심리가 궁금해 친구에게 물어본 적이 있다. 그렇게 퍼주는 사람은 왜 그런 거냐고, 나한테 호의가 있어서 그런 거냐고, 아니면 다른 저의가 있어서 그런 거냐고. 친구는 대답했다. 상황에 따라 다르겠지만 보통은 아무 생각 없이 주는 거라고. 먹을 게 있으니까 같이 나눠 먹자고 하는 거라고. 먹을 걸 나눠 먹는 게 특유의 한국인의 정 아니겠냐고. 혼자 먹기 뻘쭘할 수도 있고, 함께 먹으면 더 맛있으니까 그럴 수도 있는 거 아니냐며. 간단명료하게 설명해 줬다. 그 말을 듣고 나니 나도 마음이 놓이고 그런 상황 자체를 가볍게 받아들일 수 있게 되었다. 주고받는 것도 어느 정도 관계 형성에 도움이 된다고 생각하면 익숙해져야겠다는 생각이 든다.

고마운 마음을 잊지 않기로

살면서 고마운 마음을 가지고 사는 날들이 몇이나 될까. 최근에 고마움과 감사함에 대해서 생각해 보게 되었다. 내가 너무 불평, 불만만을 쌓고 살지는 않았나. 그에 가려져 고마웠던 기억은 저 멀리 잊고 사는 건 아닌가 하는. 나는 불평, 불만을 품고 사는 편이 아니다. 그게 오히려 나에게 손해인 걸 잘 알기 때문에 어쩔 수 없는 일은 쿨하게 보내줄 줄 아는 법도 터득했다. 그래도 사람인지라 가끔씩 그게 잘 안 먹힐 때가 있다. 더러 사소한 거 하나 가지고 갑자기 펑펑 울거나, 짜증을 내는 경우도 있다. 그럴 때는 나도 당황스럽다. 큰일에는 오히려 대담하면서 사소한 거에 갑자기 버럭 할 때는 생각해 본다. 아무리 내가 삶을 흐르는 물처럼 살아보려 해도 마음속에 쌓아 놓은 불만이 없는지를. 잘 생각해 보면 그게 불씨가 되어서 뜬금없이 사소한 것에서 빵 하고 터지고 마는 것이다. 그럴 때면 나도 당황스럽고 곁에 누군가가 있다면 상대방도 당황스럽기는 마찬가지일 것이다. 그럴 땐 생각한다. 내가 아직도 한 인간이 되기는 멀었구나. 완벽한 인간은 없다지만 나름대로 괜찮은 사람이 되려고 노력 중이었는데 아직은 부족하구나. 그러고 나서는 시간이 걸릴지언정 마음을 추스른다. 일을 끝내고 집에 와서라도 꼭 마음을 다스리는 시간을 갖는다. 오늘 있었던 일을 복기하고 나의 행동은 어땠으며 조금 더 현명하게 대처했으면 어땠을까 생각해 본다. 그런 시간을 가진 후에는 어떻게 살아야겠구나 하면서 사는 법을 또 하나 배운다. 항상 생각한다. 나이만 먹어서는 안 된다고. 어른 다운 어른이 되기 위해서는 다듬고 배울 줄도 알아야 한다고. 그러니 이런 시간은 꼭 필요하다고.

생각해 보면 삶이 나에게 고난만 주지는 않았다. 도움의 손길과 감사함과 따뜻한 정을 느낄 수 있는 일들이 많았다. 우리는 고난에 대해서만 몰두하고 고마움에 대해서는 금방 잊는 경향이 있다. 생각해 보면 나를 위해 마음을 써줬던 이들이 많다.

저번에는 그런 일이 있었다. 카페에 오셨던 분이 갑자기 선물을 주시는 경우였다. 저번에 한 번 매장에 들러주셨는데 그때 하필이면 사정 상 한 시간 정도 마감을 일찍 하는 바람에 헛걸음을 한 손님이 있었다. 그런데 시간을 내서 또 들러주신 것이다. 그것도 멀리 사시는 분이었다. 두 번 걸음을 해주신 게 너무나 미안하고도 감사해서 선물로 카페에서 파는 커피 한 병을 드렸었다. 그 손님이 한참 뒤에 다시 오시더니 받기만 해서 미안하다며 선물을 주고는 황급히 떠나셨다. 고마운 마음에 드렸던 선물이었는데 또다시 선물로 돌아오다니. 눈물이 핑 돌았다. 세상에 이런 사람도 있구나 하면서 마음이 찡했다.

사실 바로 전날 장사가 잘 되는 것 같지 않아서 조금은 시무룩해져 있던 상태였다. 나는 이런 일이 있을 줄도 모르고 시무룩해만 있었는데 갑자기 부끄러워졌다. 장사가 어찌 잘 되기만 할까. 안 되는 날도 있고 잘 되는 날도 있지. 하물며 인생도 그렇지 않은가. 잘 흘러갈 때도 있고 역경이 있을 때도 있는 것을. 시무룩해 있던 사소한 마음이 내 눈 앞을 가린 것이다. 그리고 그다음 날 좋은 손님을 만나서 어찌나 감사하고도 미안하던지. 오히려 끝까지 버텨봐야겠다는 힘이 생겼던 하루였다. 잠깐 스쳐 가는 사람이라도 이런 사람을 만나는 것도 복이지 않은가. 그것도 좋아하는 카페 일을 하면서 말이다. 좋아하는 일을 하면서도 이렇게 시무룩할 때가 있는데 어리석게 한 치 앞도 보지 못하고 시무룩해 있는 꼴이라니. 나는 이런 감사함을 잊고 살았다는 걸 다시금 깨달았다. 이렇게 간혹 선물을 주고 가시는 분들이 있는데 그 마음을 잊을 수 없어 주신 선물에 기도를 하고 사진을 찍어 놓는다. 그리고 될 수 있으면 매장에도 놓으려 하고 있다. 차갑고 팍팍한 세상에 얼마나 감사한가. 나는 이런 감사함을 놓치고 사는 어리석은 사람이었던 것이다.

이런 것 보면 아무리 다듬는다 해도 참사람이 되기는 어려운 것 같다. 진짜 성인, 진짜 어른이 되기는 힘든가 보다. 나는 아직도 어린 사람이다.

고마운 마음을 마음에 품고 살면 이렇게 사소한 일로 시무룩할 일도 없을 텐데 말이다. 나는 아직 더 살아봐야 알 것 같다. 현실에 수긍하며 불평하지 않고 감사한 마음을 지니며 사는 법을 아직도 터득하지 못한 것 같다. 꼭 뒤늦게서야 깨달으니까.

　당신은 어떤가. 항상 고마움을 안고 사는가? 혹은 잊히지 않는 고마움이 있는가? 지금 글을 쓰는 이 순간도 다른 고마움들이 생각나기 시작하고 있다. 그 고마움을 잊고 살지 않는다면 당신은 정말 괜찮은 사람이다. 그러나 지금에서야 다른 고마움들이 새록새록 떠오르는 나는 괜찮은 사람이 되려면 아직도 먼 것 같다. 오늘부터라도 그 고마움을 잊지 않고 살아야겠다. 이제 적어도 눈에 보이는 곳에 두었으니 잊을 일은 없겠다. 기록도 해놓았으니 내 삶이 가끔씩 시무룩해지거나 싫어질 때마다 꺼내봐야겠다. 고마운 마음들. 평생 가져가도록 꾸준히 기록해야겠다.

꾸준히 그리고 버티기

가끔은 음악과 소설을 멀리했다. 내 속엔 다른 이의 사연을 받아들일 만한 마땅한 장소가 없었다. 여유가 없었던 것이다. 지금은 그럴 만한 여유가 있다기보다는 다양한 장면을 보고 느끼고 싶다. 조금 아프더라도 나의 식으로 감정을 늘어놓고 싶은 그런 것. 어떻게 보면 내가 나를 가만 두지 못하는 것인지도 모른다. 하지만 이 또한 내가 나를 해소하는 방법이다. 슬플 때 마음껏 슬퍼하지 못하니까. 다른 이의 슬픔을 몽땅 끌어와 티 나지 않을 만큼 내 슬픔 한 줌 섞어 글로 푸는 것이다. 대게는 소설이든 시든 묘하고 우울한 그 이야기가 너무 아프지만 너무 필요할 때가 있다. 요즘이 그때다.

이상하게 아픔이 익숙하다. 세상의 민낯을 너무 많이 봐왔기 때문일까. 유쾌한 이야기들은 현실성이 없어 보인다. 그래서 아픔을 희극적으로 풀어내는 것도, 비극적으로 풀어내는 것도 가리지 않는다. 그게 슬픔과 아픔이라면. 매체에 연민을 느끼면서 나 스스로를 위로하는 나만의 방식 같기도 하다.

당신은 당신만의 해소하는 방법이 있는가? 직장에서든, 어느 무리에서든 스트레스를 받거나 지칠 때 말이다. 나 같은 경우 음악은 길을 가면서 듣는 편이다. 그냥 걷기만 하면 적적하니까, 그리고 세상의 소리를 듣고 싶지 않을 때는 이어폰 두 짝을 귀에 깊숙이 찔러 넣고 멜로디와 가사에 집중한다. 마치 내가 뮤직비디오의 주인공이라도 된 것 마냥. 하지만 이 방법은 추천하지 않는다. 길 가면서 이렇게 노래 들으면 위험하니까 차라리 사람이 많은 낮보다 한적한 밤 산책로에서 즐기길 추천한다.

책의 경우는 일단 사다만 놓는다. 보통 읽고 싶은 책 리스트를 메모장에 적어 놓는 습관이 있다. 서점에 가고 싶은 날 가서 신간도 좀 구경하다가 읽고 싶었던 책들을 찾는다. 지금 사정 상 다 살 수는 없으니 리스트 중에서도 진짜 읽고 싶은 몇 권만 사다가 방 한 켠에 놓는다. 그러고는 한참 있다 책 좀 만지고 싶은 날, 왠지 그러고 싶은 날이 있다. 그런 날 주로 침대에 기대어 한 장, 한 장 천천히 음미하며 읽는 편이다. 굳이 이걸 다 읽어야 한다거나 빨리 읽어야 한다는 압박감을 가지지도 않는다. 그렇게 되면 그게 도리어 스트레스가 되니까 오히려 천천히, 더 천천히 읽는다.

글을 읽다 글을 쓰는 것도 나만의 해소 방법이다. 좀 산만하긴 하지만 노래를 듣다가도, 책을 읽다가도 어떤 영감이 떠오르면 바로 써버린다.

그게 보통은 십 분 안쪽인데 그런 글들이 오히려 내 맘 속 깊은 곳까지 남게 되는 경우가 많다. 오히려 글을 써야지 하고 억지로 쓰는 글들은 거의 기억조차 나지 않는다. 그렇게 쓰고 싶지도 않고. 이 글을 쓰는 지금도 써야 하는 압박감으로 쓰는 게 아니라 내가 쓰고 싶을 때 쓰고 싶은 이야기들을 쓰는 것이다. 그래야 읽는 독자도 편안하게 느껴질 테니까.

각자의 해소 방법 다 있을 것이다. 나의 경우는 보통 음악, 독서, 글, 더하면 요가, 산책까지이다. 다른 사람들의 경우 코인 노래방에 가서 고래고래 소리를 지르고 오거나, 운동을 하거나, 전시회를 챙겨본다거나 영화를 보는 것들이 있겠다.

해소가 필요한 이유는 단순하다. 스트레스를 풀기 위해서. 스트레스가 만병의 근원이지 않은가. 나는 이 스트레스 때문에 만성 두통이 있다. 신경과에서 약을 자주 처방받아먹을 정도다. 스트레스를 왜 줄여야 하냐고 물어본다면 삶을 지속하기 위해서, 버텨야 하기 때문이다. 반복되는 삶에서 휴식은 꼭 필요하지 않은가. 공장에서도 타임마다 10분씩 쉬는 시간을 주는데 우리도 우리에게 숨 쉴 만한 틈은 줘야 되지 않겠는가. 안 그래도 바쁘다 바빠 현대 사회인데 억지로 시간을 내지 않고서는 제대로 쉴 시간이 없다. 이 지긋지긋한 하루의 굴레를 벗어나기 위해 아껴두었던 연차를 긁어모아 여행을 떠나는 것도 다 그런 것이 아닌가.

우리는 삶을 지속하기 위해 쉼을 줘야 한다. 시간이 없다고 핑계만 대지 말고 쉼을 갖자. 그게 무엇이든 상관없다. 좋아하는 것이면 다 된다.

예전에 어떤 사람은 나한테 그런 말을 한 적이 있다. "타투를 하는 게 제 유일한 낙이고 쉼이에요. 타투 받으면서 가만히 있을 때가 제일 좋아요." 그 사람은 타투를 하기 위해 돈을 번다고 한다. 중독성이 있다나. 잘 몰랐는데 타투도 한두 푼 하는 것이 아니어서 그 돈을 모으기 위해서 노동을 한다고 한다. 또 어떤 사람은 나에게 이런 말을 한 적도 있다. "너 마사지 해봤니? 저번에 타이 마사지 한 번 받아봤는데 정말 시원하고 좋더라. 나한테 선물하는 느낌도 들고. 경험 없으면 같이 가자." 가격을 물어보니 마사지도 코스마다 가격이 천차만별이더라. 타투나, 마사지를 받는 사람들은 그 돈이 아깝지 않다고 한다. 이런 거라도 안 하고 살면 무슨 재미로 사냐고. 일만 하다 죽을 수는 없지 않겠느냐고. 맞는 말이다.

우리는 이 삶을 꾸준히 그리고 버티기 위해 좋아하는 것을 해야 한다. 그렇게 해소하는 것이다. 그게 아주 작은 것이라도. 낮잠을 자는 것이라도 말이다. 나는 사람과의 접촉을 웬만하면 피하려고 하는 성격이다 보니 혼자 사부작거리는 걸 좋아한다. 그래서 글을 자주 쓴다. 생각 정리 겸해서 말이다. 워낙에 생각이 많아서 제때 정리해 주지 않으면 나중에는 그 생각들이 꼬이게 되더라. 그래서 항상 메모하는 습관을 들이고 그때그때 정리해 주는 편이다. 그 메모 덕분에 지금 이 글을 쓰는데 많은 도움이 되고 있다. 습관을 잘 들인 덕분이겠지. 과거의 나를 칭찬한다.

꾸준함, 버티기. 말이 쉽지 힘들다는 거 안다. 나도 힘들다. 글을 좋아하는 나도 꾸준히 글을 쓰는 게 버겁게 느껴질 때도 있다. 그럴 땐 과감히 안 하면 되는 거다. 내가 이 책도 이거에만 매달려서 쓰는 것 같나. 아니다. 내 주업을 우선으로 하면서 틈틈이 쓰는 거다. 쓰고 싶을 때, 아, 이 얘기는 꼭 써야겠다 싶을 때. 그래야 부담도 안 되고 스트레스도 풀리면서 해소가 되는 거다. 영화 보는 게 유일한 취미이고 해소라고 해서 주야장천 영화만 봐야 되는 것도 아니지 않은가. 같은 이치다.

살기 팍팍한 세상, 물가는 오르고, 밥 벌어먹기는 갈수록 더 힘들어지는 세상. 취미 생활이라도 해서 나에게 힘을 줘야 한다. 내일 또 일해야 하니까. 오늘 제대로 즐기고 내일 또 열심히 달려보자 하는 거다. 아주 사소한 거라도 나에게 쉼이라는 선물을 주자. 삶이라는 긴 경주를 위해서. 우리는 갈 길이 먼 사람들이다. 바쁘다. '난 안 그래.' 하는 시니컬한 성격의 소유자도 안 그럴 것 같아도 알고 보면 먹고 싶은 것도 많고, 하고 싶은 것도 많다. 하루하루가 모여 긴 인생, 하루하루를 쉬엄쉬엄 걸어가며 버텨봐야 하지 않겠나. 퇴근길에 떠오른 달 하나 보고도 좋아라 하는 게 사람 아닌가. 거창한 거 필요 없다. 일 분이라도, 십 분이라도 쉼을 주자. 우리는 누구보다 잘 살아왔으니까. 잘 버텨냈으니까. 내일을 위해서, 다음을 위해서, 미래를 위해서.

에필로그

저는 제 자신을 사랑하게 된 지 얼마 되지 않았습니다. 아마도 몇 개월 전까지 저는 한참 모자라다고 생각했죠. 그런데요. 이런 생각은 좋지 않다는 걸 너무도 늦게 깨달아 버렸어요. 나라는 사람은 유일한 사람이잖아요. 그 자체로도 얼마나 특별해요. 제가 이런 말을 한다고 해서 와닿지 않는 분들도 있을 거예요. 그렇다면 어쩔 수 없지만 저는 사실을 말했을 뿐입니다. 당신은 유일하고 특별한 존재입니다. 별 같은 존재에게 가당치도 않게 모자라다는 생각을 한다는 게 너무 이상하지 않나요. 저는 이걸 깨닫고 나서 나는 그 누구보다 소중하니 나를 소중히 대해야지, 나를 더 아껴주고 사랑해 줘야지, 나를 더 특별한 사람으로 생각하고 누구 앞에서나 당당해져야지, 하는 생각을 매일 밤마다 했습니다.

사실 항상 이런 마음을 가지기는 힘듭니다. 압니다. 어디서나 주눅 들지 않고 당당할 수 있다면 얼마나 좋겠습니까. 저도 어쩔 때는 저 사람 앞에서 왜 바보처럼 굴었나 생각하면 집에 와 한참을 후회할 때도 있습니다. 내가 별이라는 걸 잊고 있어서 벌어진 일이지요. 지금 이렇게 책을 마무리하는 와중에도 이런 생각이 듭니다. 내가 뭐라고 이런 말을 할까. 내가 이런 말 할 자격이 있는가. 별것도 아닌 것 가지고 글 쓴답시고 일만 벌이고 있는 게 아닌가 하고요. 사람이 이렇다니까요. 그러나요. 별거 아닌 사람 없고 별거 아닌 인생 없습니다. 누구든 존중하고 그들의 삶을 알고 나면요. 그렇게 함부로 말할 수 없는 게 사람이고 인생입니다.

당신은 어떠신가요? 지금도 물론 특별하지만 더 빛나는 존재가 되고 싶지 않으신가요? 다시 한 번 말하지만 당신들은 너무도 특별하고 귀한 존재입니다. 어떤 일이 있어도 자신을 낮추지 마세요. 좌절을 겪어도 경험이라고 생각하세요. 좌절에는 긍정이 약입니다. 긍정적인 마음도 습관을 들이면 어느새 큰 좌절 앞에서도 태연하게 행동하는 나를 발견할 수 있습니다.

제가 이제까지 말하는 모든 것은 단 하나의 거짓 없이 저의 경험에서 나온 것입니다. 무언가를 이룬 사람만이 된다는 말을 해줄 수 있는 것처럼요. 저도 당신께 지금 주문을 거는 것입니다. 다시 한 번 말하지만 당신은 귀한 존재입니다. 지레 겁먹고 포기하는 일은 없도록 하세요. 뭐든 할 수 있습니다. 가능성이 없다고요? 그 가능성도 당신이 만들 수 있습니다. 저도 무에서 유를 만든 사람인걸요. 제 책을 읽으시는 모든 당신들이 책을 읽는 게 아니라 힘을 읽으시는 거라고 생각해 주셨으면 좋겠습니다. 끝까지 제 글을 읽어주신 당신, 감사합니다. 이 세상과 힘겹게 고군분투하고 있는 당신들. 부디 힘내십시오.

감정 소모하고 싶지 않지만

초판 1쇄 발행 | 2023년 11월 6일

지은이 | 현말랭
펴낸이 | 김지연
펴낸곳 | 마음세상

주 소 | 경기도 파주시 한빛로 70 515-501

신고번호 | 제406-2011-000024호
신고일자 | 2011년 3월 7일

ISBN | 979-11-5636-531-0 (03810)

ⓒ현말랭, 2023

원고투고 | maumsesang2@nate.com

* 값 14,500원

* 마음세상은 삶의 감동을 이끌어내는 진솔한 책을 발간하고 있습니
다. 참신한 원고가 준비되셨다면 망설이지 마시고 연락주세요.